나는 왜 김구 선생을 사살했나

안두희의 시역弒逆의 고민

나는 왜 김구 선생을 사살했나

안두희의 시역弑逆의 고민

2020년 12월 15일 개정판 1쇄 펴냄

지은이 / 안두희

펴낸이/ 길도형
편집/ 이현수
펴낸곳/ 타임라인
출판등록 제406-2016-000076호
주소/ 경기도 고양시 일산서구 덕산로 250
전화/ 031-923-8668 팩스/ 031-923-8669
E-mail/ jhanulso@hanmail.net

ⓒ 안두희, 2020

ISBN 978-89-94627-87-8 03800

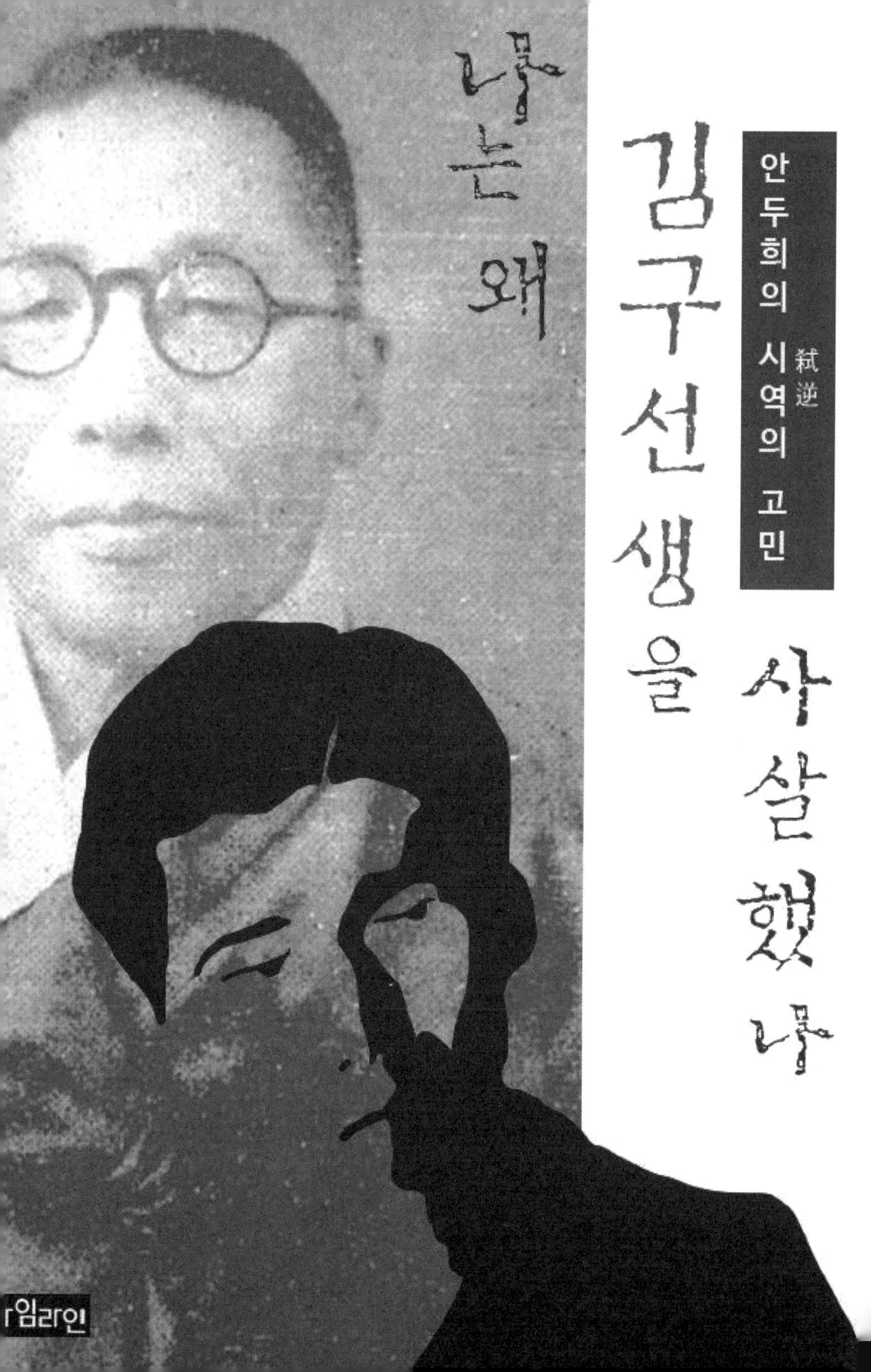

나는 왜 김구선생을 사살했나

안두희의 시역(弑逆)의 고민

일러두기

- 일기는 저자가 백범 김구를 저격 사살한 다음날인 1949년 6월 27일부터 첫 공판일인 8월 5일을 사흘 앞둔 8월 2일까지의 것으로서, 전쟁이 끝나고 소령 예편 후인 1954년부터 1년 6개월여 편집 등의 준비를 거쳐 1955년 10월 단행본으로 초판 발행되었습니다.

- 저자는 문장에서의 조사와 어미, 접속어 등을 제외한 대부분의 명사들은 한자로 표기했으나 개정증보판에서는 대부분의 한자들을 한글로 바꾸고, 필요한 경우에는 한글을 먼저 쓰고 한자를 괄호 없이 병기했습니다. 한글로 바꾸고 보니 반세기 이상 지난 문장이 더러 어색한 부분들이 있긴 해도 읽는 데 큰 무리가 없을 것으로 사료됩니다.

- 한자 대부분을 한글로 바꾸긴 했지만, 초판 발행 후 55년 만에 다시 빛을 보게 되는 만큼 저자의 일기와 초판본의 역사적 의의 등을 고려하여 윤문, 교열을 거의 하지 않았음을 밝혀 둡니다.

- 요즘 흔히 쓰지 않는 한자말과 옛 표현, 방언, 사투리 등도 괄호 속에 뜻풀이 또는 간략한 설명을 달았습니다.

- 본문 글자 크기보다 작게 처리된 괄호 속 내용은 '편집자 주註'로, 본문 크기와 같은 괄호 속 내용은 '저자 주註'로 구분합니다.

- 초판본의 오자들 또한 본문보다 작은 글씨로 괄호 속에 정자와 간단한 설명을 달았습니다.

- 초판본에는 날씨를 청천晴天, 담천曇天, 우천雨天 등으로 표기했으나 개정증보판에서는 '맑음', '흐림', '비' 등으로 바꾸어 표기했습니다.

- 2020년 12월에 출간된 이 개정증보판은 1955년 10월 출간된 초판본의 문장 서술 및 어휘를 거의 그대로 반영한 것임을 뒷부분에 부록으로 실은 1949년 6월 30일자 일기를 통해서 확인해 보실 수 있습니다. 해당 내용은 원본 복사본을 캡처해서 수록했습니다.

서문에 대하여

삼가 이북에 계신 아버님께 올립니다.

부친님을 마지막으로 뵈온 지도 어언 십 년이란 세월이 흘렀습니다.

십 년이면 강산도 변한다 하옵는데 강산만 변하였겠습니까. 말씀 드리기만도 망극하오나 지금 앉아 계시기나 하온지? 아버님의 생존 여부조차 모르고 이 붓을 들었습니다.

만약 재세하시지 못하시다면 이 글을 그대로 제문으로 삼으려 하옵니다.

참으로 기구한 운명의 생이었습니다. 불초자 두희 삼십 평생을 자라면서 그래도 따뜻한 효양의 즐거움을 드릴 날이 있으리라고 믿어 오다가 오늘날 이 글월이 불효의 총결산 보고서가 될 줄이야 어찌 예측하였겠습니까.

아버님! 5년 전 6월 26일 그날 두희가, 꿈 아닌 생시의 두희가 제 총을 가지고 제 손으로 분명히 김구 선생님을 쏘았습니다. 일찍 아버님께서도 경모 숭배하시던 백범 선생을 아버님의 자식인 두희가 제 정신으로 살해하였습니다.

이 시역의 굉보轟報! 마치 청천의 벽력같이 들렸사오리니 두희 낳으신 한탄 얼마나 하였겠습니까, 땅을 치며 통곡하시며 하늘을 우러러 울부짖으셨겠지요. 이 글월이 활자화되기 전에 친필신서로 아버님 앞에 놓여졌던들 읽으시기나 하셨겠습니까.

해방 후 얼마 동안 남북의 통신이 교환되던 때에도 일찍 못 올리는 글월을 지금 이런 형식으로 붓을 잡게 된 두희 마음 또한 찢어질 듯이 아픕니다.

천우신조하시와 다행히 적마赤魔의 독아毒牙에서 생명의 위해만은 모면하셨다손 치더라도 아버님 이미 연만年晚하셨고, 시국 또한 예측이 아득하와 생전 다시 뵈옵지도 못하게 되었삽거늘….

그때 그것이 마지막 작별이 될 줄 모르시옵고 마치 내일이나 기약하옵듯이 권토중래의 용기를 북돋아 주시면서 남 몰래 시골 길 양시역楊市驛까지 배웅하여 주시던 그 모습! 그 존안尊顔! 지금에는 얼마나 쇠잔하셨는지요.

제가 온 다음에 국영아國榮兒 국영모國榮母 모두 죽을 고비를 넘으면서도 무사히들 왔습니다.

듣자옵건대 아버님께서는 그 후 노구이심에도 불구하고 해주 쪽으로 한 번, 동두천 쪽으로 한 번 연하여 월남을 기도하시다가 끝내 뜻을 이루지 못하시고 놈들에게 붙잡히고 마셨다 하오니 향수 아닌 향수에 얼마나 몸 두실 곳이 차가왔겠습니까. 두희 지금도 새벽닭 울음소리에 선꿈을 깰 때면 나도 모르게 눈물로 베개를 적시곤 합니다.

아버님! 아버님께서는 모름지기 타계하시는 날까지에 저희들로부터의 어떤 흉보나 없음을 낙으로 삼으려 하셨으련만 이런 의외의 굉보轟報에 접하실 때 얼마나 경도驚倒하시며 귀를 의심하셨겠습니까. 두희 옥중에서 몇 번인가 북녘 하늘을 향하여 합장앙두合掌仰頭하며 아버님께 사죄하였습니다.

그 후 이 두희를 낳으신 죄로 놈들의 핍박 밑에 오랫동안 영어 생활囹圄生活을 하시다가 병들어 출옥하셨다지요. 듣잡기에도 앞이 캄캄합니다. 병석에서 규희奎熙 형님 편에 보내주신 친한親翰! 두희 옥중에서 울며 읽었습니다.

아버님!

사람이 사람을 죽인다는 것은 용이한 일이 아닙니다. 상대방에 대하여 철천徹天의 원심怨心을 품고도 결행이 난難하옵거늘 하물며 극진한 사랑을 받아 온 가장 숭배하옵던 스승을 살해함에 있어서야 오죽하였사오리까.

철 들기 시작하자부터 아버님의 깨우침을 받아 일찍 민족의 태양으로 모시옵던 선생님께 대하여 추호인들 원심이 있었을 리 있사오리까. 그저 지극히 경모하옵고 지성히 아끼옵던 선생님이 었삽기에 번민이 생겼삽고, 이 번민이 쌓이고 쌓여 나 자신도 죽음을 각오하면서까지 드디어 시역의 범의를 꺾지 못하였던 것입니다.

아버님! 너무 저주 마시옵고 이 글을 한 번 읽어 주시옵소서.

원래 이 기록이 세상에 공개될 수 있으리라고는 상상도 못 하였고 더구나 출판 같은 것은 꿈엔들 생각하였겠습니까. 오직 쓸 수 있는 날까지 일기를 계속하다가 만행히 죽은 후에라도 남길 수 있게 되면 이것을 보고서 유가족이나 친구들만이라도 이 시역을 결행할 때까지에 겪은 심정의 고통을 알아줄 수 있으려니 하는 것뿐의 난문亂文이었습니다.

이 책자의 본문을 읽어 가시노라면 아실 바대로 이 사건에 있어서 그 동기에서부터 행동에 이르기까지 제 딴에는 호말毫末만치라도 '사심私心'이 없었으며 사후 일기를 쓸 적 심정이나 지금 이것을 출판하게 된 소이도 어떤 생명을 보존하거나 자신의 명예를 살리기 위한 변명이 아닌 것을 이해하여 주실 줄 믿습니다.

두희 오로지 비장한 죽음의 각오로써 시역을 감행했고 시역을 감행하면서까지라도 그 전율할 음모를 폭로시켜야겠다는 의욕밖에 없었던 것입니다.

그렇듯이 각오하였던 목숨이 오늘날 이 유서 아닌 유서를 상재上梓하게 되었음도 무슨 운명의 작희作戲인가 합니다. 그때 경교 장京橋莊에서 직석直席에 자살을 단행하였던들 지금 다시 이 고역을 당할 것 없이 무아의 죽음을 이루었을 것을….

종신형의 언도를 받은 썩은 목숨이라 복역 도중 6.25사변이 발발되어 후퇴의 길을 떠나게 되자 옥문을 나서는 즉시로 총을 들고 적진에 부닥쳤습니다. 그러나 일부 인사들의 기분에는 무엇이 못마땅하였던지 국회석상에서 이것이 논란되어 여러 가지로 항간에 물론物論을 일으켰기 때문에 부득이 공상公傷으로 입원 중에 군적으로부터 물러났던 것이온데 이것이 바로 4년 전 정부가 아직 부산에 있을 때 일이었습니다.

이러한 국난을 치르는 동안에 나의 형기는 6.25사변 전인 4282년 11월에 15년의 유기로 되고 또 4283년 3월 다시 10년으로 감형되었다가 또 1년여 지난 4284년 2월 잔형 면제의 은전을 받았으니 나는 4286년 2월 15일로서 완전히 복권된 것입니다.

이같이 범행 자체가 비록 우둔하였으나마 순수한 나 자의의 행동이었고 필형畢刑의 경위 또한 혼란중에서도 소정의 법 절차를 밟았음에도 불구하고 사회 일부의 방담자放談者들은 "모 고위층 인물에 사주된 범의"니 "모 군부의 지령에 의한 범행"이니 "불법의 석방"이니 하는 별의별 왜곡된 풍설을 유포시키고 있사오니 이 일을 어찌 하면 좋겠습니까….

그러나 비록 공법公法에 의한 감형으로 오늘날 자유의 몸은 되었을망정 두희 아직 시역에 대한 가책의 상흔이 생생하옵고 항상 백일白日(대낮)이 두렵삽거늘 그저 이것도 다시 여명餘命을 누리게 된 보상이며 선생님에게 대한 속죄의 일부라고 관념하옵고 음인자중陰忍自重 우금 5년 동안 낭설은 낭설로서 종식되기만을 기다려 왔던 것입니다.

아버님!
이것만으로서도 이 일기를 출판하게 된 동기와 고충을 알아 주시겠지요.
비록 낭설일지라도 이것이 일방적으로 자라고 자라다가 나중에 진담처럼 화하여 버리면 어찌하겠습니까.
거듭 말씀드리거니와 일찍 깨끗한 시간을 놓친 면목 없는 삶이오매 이 두희 자체만에 대한 욕설이라면 무슨 말이라 쓰다 하오리까마는 아직도 항간에 유포되고 있는 낭설이란 단지 두희를 저주하는 데 그치는 것이 아니고 역시 "사주한 것"이니 "지령한 것"이니 하는 따위의 무고한 제3자의 위신과 명예에까지 오명을 입히는 언어도단의 중상임에야 어찌 귓가로 흘려버리고만 있을 수 있겠습니까.
이것이 본의 아닌 출판을 결행하게 된 고정苦情입니다.
저의 옥중일기는 군재(군사재판) 후 복역중에도 끝까지 계속하였던 것이오나 출정 이후의 것은 6.25사변 당시 형무소 건물과 같이 타 버리고 여기에 실린 출정 전일까지의 부분만은 판결을 받고 형무소로 이송되던 날 옥바라지 온 처에게 보관시켰던 것으로서 6.25사변 당시 처가 후퇴할 때에 이것을 유지에 싸서 살던 집 마루를 뜯고 땅 속에 파묻었다가 9.28 수복 시 회신灰燼된 집터전 잿더미 속에서 발굴한 기적적인 유물입니다.

아버님!

6.25 그 해 이북 수복 당시 두희는 두 차례나 평양까지 다녀왔습니다마는 못내 아버님을 뵈옵지 못하옵고 눈물로써 멀리 북녘 신의주 하늘을 바라보면서 후퇴하고 말았습니다.

후일 병걸秉杰 숙부님을 통하여 아버님께서 6.25 당시까지 생존해 계시었다는 소식은 들었습니다. 지금도 건재하신지요? 아버님! 참아 전하기 어려운 말씀이오나 봉희鳳熙는 두희의 동생으로 태어난 탓으로 6.25 당시 적구赤狗들의 손에 의하여 김구 선생 묘전에서 제물로서 총살 당하고 용희龍熙도 봉희와 연좌되어 2개소에 총상을 입고 쓰러졌다가 3일 만에 때마침 서울 입성 중이던 국군의 손에 구명되어 지금 서울에 있사오며 국엽아國燁兒는 저와 한 날 한 시에 국군에 입대하여 용전하다가 6.25사변 당시 북진 작전에서 전사하였습니다.

병걸 숙부님은 1.4후퇴 때에 월남하여 3년 동안이나 저희들을 찾아 남한 각지를 유랑하시다가 재작년에사 극적으로 해후되어 지금 서울에 계십니다.

지금 부산에 남은 규희 형님과 국찬아國燦兒 부부만 모이면 월남 가족 모두가 집결되는 셈입니다.

언제 한 번 남북을 합친 전 가족이 한자리에 모여 앉아 볼 수 있을는지요.

아버님!

두희는 김구 선생님의 선도하심을 따라 천주교에 귀의하였습니다.

대죄로써 이생(現在)을 더럽힌 넋이 천주님의 은총 밑에 속죄를 받잡고 나아가 영생의 구원을 얻으려 하옵니다.

삼가 아버님에게도 신앙의 길 열리옵기 기구祈求 올리며 조용히 붓을 놓습니다.

4288년 10월 20일

서울 자하문 밖에서

불효 두 희 배상

6월 27일(일요일) 맑음

　명멸하는 의식의 갈피를 애써 더듬었으나 꿈인지 생시인지 좀처럼 분간할 수가 없었다.

　전신은 천 근 무게에 억눌린 것 같고 뜨이지 않는 안두眼頭에는 몽롱한 안개 빛만이 어물거릴 뿐이다.

　조용이 정신을 가다듬어 가면서 몸을 한 번 움직여 보았다. 아야! 머릿속에서 번개 같은 불꽃이 튀면서 격렬한 통세가 온 몸뚱이를 쑤신다.

　의식을 달랬다. 분명히 상한 몸이요 잃었던 정신이다.

　간신히 뜬 눈에 높다란 천정이 희미하게 보이는 것으로 봐서 들이나 길가가 아니요 방안인 것만은 확실하다.

　도대체 여기가 어딜까? 내 집도 아니고 부대 병사兵舍도 아니고 그러면 병원일까? 병원이면 간호원도 있을 텐데 왜 아무도 없을까? 처는 어디 갔을까?

　술 취한 것처럼 휘이 휘이 휘두르는 머리를 안정시키려고 눈을 감았다.

　점차 회복되는 의식 속에 홀연히 클로즈업되는 경교장京橋莊! 분노하신 김구 선생의 얼굴!

　"나는 선생님을 쏘았다! 선생님을 죽였다!"

으악! 무언의 고함을 지르며 눈을 크게 떴다.

"그러면 여기가 옥이로구나."

반사적으로 들었던 머리를 도로 떨어뜨렸다.

"그러면 존경하는 선생님을, 그렇게 총애 받던 이 두희가…"

꿈 아닌 현실을 인식하고 나니 눈시울과 입술이 경련을 일으켜 떨리며 나도 모르게 터져 나오는 울음을 금할 수가 없다.

얼마나 울었는지 기력도 진盡하였다. 조용히 설움에 지친 정신을 가다듬어 가지고 추억을 더듬었다.

시간이 얼마나 경과되었는지, 날이 바뀌었다면 그것은 이제 일이다.

일요일 제 기분으로 비서의 안내를 받았다.

태산같이 장중한 풍모를 지니신 분이면서도 언제나 춘풍의 화기和氣로써 맞아 주시는 선생님이었지만 의외에도 쌀쌀하시었다. 여기에서 은연隱然히 축적되었던 잠재의식이 발작되어 왕방인사往訪人事가 끝나자마자 김약수金若水 화제로 발단된 문답이 급각도急角度로 선생님에게 대한 격렬한 추궁조로 변해지고 지금까지의 회의감이 노골화하여 사랑받던 제자로서 또 나이 어린 자식으로서의 울부짖는 공격전이 전개되었다.

선생님께서 호남지방 유세 시의 이야기, 표表 소령과 강姜 소령 월북한 이야기, 국회 소장파 이야기 등 마구 주워 섬겼다.

선생님의 철화鐵火 같은 안색! 사자 같은 노후怒吼! 외람된 나의 공박攻駁에 대하여 드디어 선생님께서는 나에게 붓을 던지고 벼루를 던지고 책을 던지심에까지 이르렀다. 일은 이미 갈 데로 갔다. 그래도 월여月餘(한 달여)를 두고 설마설마하던 괴로운 은인隱忍의 철대鐵帶는 끊겼으니….

오호! 나의 손에 뽑힌 권총은 드디어 역사적인 시역弑逆의 불을 뿜고야 말았구나.

선혈에 물들어 쓰러지시는 선생님을 정시正視할 수 없어 옆 마루방으로 튀어 나왔다. 공허의 순간이며 무아의 경지이다.

서쪽 창문에 막아서서 망연히 머언 하늘 뭉게구름을 바라보았다. 10초 또 20초.

하늘도 말이 없고 땅도 소리가 없다. 아직도 손에 쥐어진 권총에서는 화약 연기가 나고 있다.

나는 천천히 포병 '배지'와 소위 계급장을 떼어 던지고 다시금 권총을 든 채 한 걸음 한 걸음 층층대로 발을 내려딛으며 '지금 자살할까?' 하고 자문하였다. 그러나 이것은 어떤 발작적인 고민의 넋두리가 아니었다. '아니다. 자살… 그것만이 시역에 대한 속죄가 아닐 것이다. 지금은 죽을 때가 아니다' 간명한 자답自答이 뒤를 받쳤다.

아래층 응접실에서는 잡담에 취하여 세상을 모르고 있었던 모양이다. 멀리 정문(西門)에서 파수 보던 순경이 '카빈총'을 내저으며 "지금 2층에선 무슨 총소리야!" 하고 고함을 지르며 달려왔다.

나는 종용從容히 두 손을 들면서 "지금 내가 선생님을 쏘았소" 하고 나섰다.

"아니 뭐?! 이놈 죽여라…."

말이 끝나기도 전에 주먹, 의자가 날라든다. 대번에 정신이 흐려지며 드디어 매의 감촉도 아득아득 사라졌다….

나의 의식은 거기서 중단되었던 것이다. 그러면 내가 여기를 어떻게 왔을까? 아마 경교장 응접실에서 혼도混倒된 채 이곳으로 운반되어 왔나 보다.

마주 보이는 높은 들창에 눈부신 햇살이 비치고 밖에 참새 소리가 들리고 어렴풋이 군대의 인원 점호 소리가 들리는 것으로 보아 때는 아침일 성싶다. 그리고 이 방 문간에 수직하고 서있는 사람이 헌병임으로 미루어보아 이곳은 헌병사령부의 영창임에 틀림이 없다.

요란스러운 문소리와 함께 아침 밥그릇을 든 헌병이 들어왔다.

무어라고 지껄이는데 귀가 멍해서 잘 들리지는 않으나 아마 밥을 먹으라는 말인 모양이다. 밥 냄새 국 냄새가 유난히 후각을 날카롭게 한다. 그러나 밥과 국 냄새 이외에 일찍이 맡아 보지 못한 또 한 가지 냄새가 안타까이 내 숨을 가쁘게 한다. 그것은 다름 아닌 물 냄새다. 몹시 물이 먹고 싶다. 헌병의 부축을 받아 물 한 그릇을 미칠 듯이 말리고 나서 밥상을 그대로 물리었다. 참말로 생후 처음으로 물맛을 알았다. 시인들이 그리는 사막의 '오아시스’ 맛이란 이런 것일 것이다. 생명수인 양 정신이 든다.

의식이 정상 상태로 회복될수록 전신의 통증은 더욱 더하여 사지가 무겁고 가슴이 결리고 머리가 쑤신다. 그러나 죽을 정도의 부상은 아니라고 자인했다. 다만 법의 판결을 받고 기다리는 생명만이라는 것을 생각하면 통증도 모르고 안온安穩스럽기 짝이 없는 허심虛心의 세계다.

늦은 아침 햇살이 금전金箭같이 뻗친 옥창獄窓 너머로 하늘 높이 무상운無常雲의 기멸상起滅像이 보인다.

다시는 마음대로 바라보지 못할 태양이요, 다시는 마음대로 써 보지 못할 하늘이요, 다시는 마음대로 짚어 보지 못할 대지라고 생각하면… 마음대로 이 대지를 딛고 마음대로 저 하늘을 쓰고 마음대로 저 햇빛을 바라보며 살아온 지난날의 추억이 저절로 뇌리에 감도는 것을 억제할 수 없다.

이것은 사死에 대한 겁怯이냐? 아니다. 생生에 대한 미련이냐? 아니다. 그렇게 존경하던 선생님에게 총을 겨눈 내게 무슨 겁이 있을 것이며 즉석에서 선생님의 뒤를 따라야 되었을 이 목숨에 무슨 미련이 남았으랴. 다만 이 국가를 위하여 겨레에게 전할 유언과 비밀이 되어서는 아니 될 무서운 사실을 폭로시킬 때까지에 지닐 생명, 그 공백 기간의 허젓한 옹강甕腔을 메우려는 인간 본능적인인 낭만 그것일 것이다.

평탄치 못한 연애교제로써 인연 맺은 나의 처, 무서운 형자荊

莉를 헤치고 결혼한 지 우금 11년 어간 단 10개월을 계속하여 부부생활을 해보지 못하고 수천 리를 원격遠隔하여 살아오다가 겨우 최근 동서同棲 2년에 비로소 가정다운 행복의 잎이 필 무렵 청천벽력인 나의 범죄 사실을 듣게 된 그 심정, 어찌 다 형언할 수 있으랴. 미안한 일이다. 몸조차 연약한 그가 이제 애비 없는 삼남매를 데리고 어떻게 살아 갈 것인가, 할 말이 없다.

장남 국영國榮아, 지금 열두 살, 아버지와 같이 포(채) 열 달을 살아보지 못했고, 아버지의 웃는 낯조차 기억치 못할 국영아. 장녀 경숙瓊淑아, 너는 지금 아버지의 얼굴도 알아보지 못하리라. 너를 삼팔 이북 외조부 슬하에 남게 둔 채 다시 보지 못하고 나는 이런 죄인이 되고 말았구나. 생후 2개월의 핏덩이로 삼팔선을 넘은 차녀 미라美羅야, 아버지 없는 앞날을 어이 살아가려느냐… 참으려 참으려 해도 자꾸만 눈시울이 뜨거워짐을 어찌 할 수 없다. 하염없는 이 명상瞑想을 깨뜨리기 위하여 아픈 팔을 구부려 무거운 주먹으로 간신히 눈물을 닦으면서 정신을 가다듬었다.

애족 정신의 화신으로서 만민 추앙의 국부國父이시며 수많은 청년 중에서도 택하여서 특별하신 총애를 베풀어 주시던 나의 선생님을 시역한 대죄인에게 어찌 가족의 세계가 잔존할 것이며 대의에 순殉한다는 결의에 섰거늘 무슨 후고後顧의 눈물이 있을소냐. 나 이제 가족을 생각함은 선생님의 영령을 모독함이요, 눈물을 거두지 못함은 사심을 버리지 못함에 틀림이 없는 것이 아닌가.

이렇게 생각이 범열凡劣하고 행동이 비겁하여질 바에야 차라리 이 사고의 주체인 나 자신을 없애 버림이 낫지 않을까?

'선생님은 정말 가셨을까.'

그 생사가 매우 궁금하다.

'선생님이야 가셨건 아니 가셨건 떠나 버릴 두희오니…'

어떤 신화에 나오는 무지개도 환상幻想하여 보며 장차 벌어질 나의 사형장도 그려 보았다. 그러한 착상錯想은 어떤 공포에 깃들인 것은 아니나 일말의 감상은 어느덧 이북에 계신 아버지의 무릎 앞에 엎드려진다.

"아버지, 불효자식 두희는 끝끝내 불효로 이 세상을 마칩니다. 아버지께서 그렇게도 경모하시던 백범 선생을 제가 살해하였습니다. 이런 자식을 낳으신 생각만 하셔도 얼마나 절치통분하시겠습니까."

주위를 잊어버리고 흐느껴 울었다.

가정 생각을 지워 버리는 것이 선생님께 대한 속죄의 길이라고 믿고 숙연히 옷깃을 바로잡곤 하였다.

복도를 걸어오는 발자국 소리에 눈을 돌렸다. 눈이 아프다. 아까 밥을 가지고 왔던 헌병이다. '왜 밥을 먹지 않았느냐'고 위문 비슷한 말을 던지며 식기를 거두어 가지고 사라졌다.

잠시 동안 조용한 시간이 흘렀다.

이번에는 여러 사람의 발자국 소리가 나더니 의무 사병을 데리고 의무 장교가 들어왔다. 나는 몸을 일으켜 앉으려고 애를 썼다. 군의관은 누워 있으라고 하면서 단념丹念히 성심껏 붕대를 풀고 처치를 시작했다.

나는 상처의 처치보다도 내 사건에 대한 세론世論을 알고 싶었다. 그래서 서너 군데 상처 처치에 삼십여 분이나 걸리는 동안 단편적인 말을 주고받다가 내 사건에 대한 뉴스를 물었다. 그러나 군의관은 사건에 대한 물음에는 입을 꽉 다물고 동문서답 격으로 슬쩍 상처에 대한 것과 통증에 관한 것, 위생에 관한 말들로 넘겨 버린다.

처치가 다 끝난 다음에도 얼마 동안 대화가 계속되었으나 시종일관 사건에 관한 것은 그 일언반구도 언급치 않았다.

사건이 사건이니만큼 군의관 자신도 내게 말을 걸어 보고 싶어 하는 흥미를 느끼는 것 같으면서도 그리 쉽사리 말머리가 풀릴 것 같지 않다. 이렇듯이 연마된 군규軍規를 나는 내심으로 찬양하면서도 참다 못 하여 끝으로 김구 선생의 생사 여부를 물었다. 이 물음에 대하여 군의관은 몹시도 무감동한 표정이다.

"당신도 궁금하시오? 어제 그 현장에서 생사를 확인 못 하였던가요? 선생은 그 즉석에서 돌아가셨소. 지금 세상은 물 끓듯 하고 있소."

예측한 일이었지만 이 말을 직접 듣고 놀란 표정을 감출 수가 없었다. 군의관은 머리를 좌우로 설레설레 저으며, 눈으로 의무병을 재촉해서는 나가 버렸다.

담배 생각이 간절하다. 간신히 호주머니를 뒤적여 보았으나 없다. 바지 뒷 호주머니에 들었던 용돈도 없다. 벼르고 별러서 받은 처의 선물(만년필)도 없다. 손목에 시계도 찼던 자리뿐이다.

왼팔에 시퍼런 멍이 커다랗게 들었다. 군복에는 검붉은 피와 꺼면 묵墨이 이 곳 저 곳 묻었다.

선생님은 분명히 가셨다지, 선생님을 친근히 대하여 온 지 3개월여, 인자하시면서도 감히 범접키 어려워 보이던 엄격하신 모습, 추억케 하는 일이 한두 가지가 아니었지만 마지막 가실 때 그 모습이 눈앞에 더 뚜렷하게 되풀이된다. 그 표정, 그 손짓, 그 노후, 그 신음….

또 한 갈피의 '새로운 체념'에서 오는 피곤은 적이 호흡을 곤란하게 하는 것 같다.

장흥張興 사령관이 헌병 수 명을 거느리고 순찰차 지나갔다. 보초병, 감시병들의 교체하는 인사말 소리, 벽에 못 박는 소리, 오늘의 활발한 군무軍務가 시작된 모양이다.

이 소음을 들으면서 어느덧 잠이 들었다가 문소리에 잠이 깨었다. 헌병 두 명이 잠옷과 이브자리를 가지고 들어왔다. 헌병의 부축을 받아 가며 옷을 갈아입고 자리 위에 누웠다.

벗은 군복을 보니 온통 피투성이다. 이 군복의 모양으로 미루어 내가 얼마만 한 부상을 입었다는 것을 가히 짐작할 수 있다.

헌병들이 용무를 마치고 나가면서 주고 간 담배를 피웠다. 담배 맛은 여전이 좋다.

얼마 후에 전봉덕田鳳德 부사령관이 심각한 표정으로 서울헌병대 문文 중령과 같이 장교 두세 명을 거느리고 들어왔다.

전 부사령관은 담당 취조관이라고 하면서 H중위를 내게 소개하고 난 뒤에 군의관에게 취조의 가능 여부를 묻더니 취조 불능이라는 군의관의 대답에 H중위더러 나의 본적, 주소, 소속, 계급, 군번, 성명, 생년월일만을 물을 것을 명령하고 심각한 표정 그대로 나가 버린다.

H중위만이 남아서 약 삼십분 간의 심문을 하였다.

적멸寂滅과 공허감에 싸여서 다시 잠이 들었다.

가져온 점심밥을 몇 술 떠먹고 나서 담배를 피웠다. 담배 연기 속에 공상의 실마리를 더듬었으나 또 다시 피곤이 엄습한다. 이제는 사색에도 지쳤다.

헌병에게 물어 둔 시간으로 보아 오후 두 시경일 것이다. 소란스러운 발자국 소리와 함께 사복 신사 서너 명이 들어왔다. 그 중에서 사관학교 1기 선배인 R장교를 알아볼 수가 있었고, 그 외에도 그들의 태도로 보아 모두가 사복 장교임을 직감할 수 있었다.

따라 들어왔던 헌병 장교들은 H중위만 남고 다 나가 버렸다. 나는 자리에 누운 채로 H중위로부터 인사 소개를 받았다. R대위, R중위, O소위 모두 CIC 장교들이다.

H중위의 말에 의하여 본 사건은 CIC로 이관되는 것을 알았다. 네 명의 장교 중 R중위와 R소위가 취조 담당관이라는 소개도 받았다.

그들은 오늘은 약식으로 응급 예비 취조를 마치고 돌아갔다.

끔벅끔벅 옅은 잠 속에 시간이 흘렀다.

저녁밥도 반쯤나마 먹었다. 수면을 취한 탓인지 점점 흥분도 가라앉는 것 같다.

헌병에게 물 심부름도 시키며 용변도 치렀다. 아까 R중위에게서 얻은 다섯 대 담배를 아낄 양으로 저녁식사 후에야 첫 대를 피웠다. 그것도 반 만 피우고 반은 남겨 놓았다.

모색暮色이 짙어진 뒤에 들것이 들어왔다. 들것에서 다시금 사람의 등에 업혀서 자동차를 탔다. 자동차는 밤거리를 힘차게 달렸다.

CIC 본부의 독방 영창이다. '매트리스' 자리가 준비되어 있다. 압송한 R중위는 감시병 두 명에게 엄격한 지시를 내리고 돌아갔다. 감시병은 물그릇과 변기를 미리 마련해 들여다 놓고 집총한 채 영창 안에 자리를 잡는다.

'이것이 도대체 어떤 범인일까' 하는 의아스러운 눈초리인 양 싶다.

희미한 전등 밑에 적요寂寥의 밤은 깊어 간다.

6월 28일(화요일) 맑음

똑딱똑딱 취사장으로부터 울려오는 도마 소리를 귀 멀리 들으며 아침잠을 깨었다. 28일, 새 날이 또 밝아 온다. 감시병은 여전히 초상처럼 정좌하고 있다. 문이 닫힌 실내의 공기는 아침인데도 몹시 무덥고 탁하다.

요란스럽게 '벨' 소리가 난 지 30여 분 가량 뒤에 아침식사가 들어왔다. 거북스러우리만치 친절을 다하여 권한다. 입맛도 당기는 바람에 달게 먹었다.

조반이 끝나니 얼마 안 되어 취조실로 불리었다. 오늘부터 본격적인 취조인가보다 생각하면서 감시병의 팔에 매달려 아픈 다리를 옮겼다.

취조실에는 이미 취조 준비가 되어 있다. 책상과 의자가 정연히 배치되었으며 나의 앉을 자리에는 상한 몸을 위하였음인지 특히 편한 '소파'가 놓여 있다.

R중위가 들어왔다. 유화柔和스러운 안색으로 인사를 건네며 정답게 담배를 권한다.

이곳은 도심 지대인지 인마人馬 소리며 자동차 소리가 번잡하게 들려온다.

뒤이어 R소위도 들어오고 서기 사관, 입회 사관도 각각 자리를 잡았다.

정좌한 다음 먼저 R소위로부터 지금 나의 기력과 정신력이 심문에 대응할 수 있는가 없는가를 묻는다. 나의 '자신 있다'는 대답을 듣자, "그러면 취조에 성의 있게 순응함이 군에 협력하는 길이니…" 하면서 노련한 어조로써 나의 순종을 종용하는 것이다.

R소위의 그 말솜씨며 거동이 보통이 아니라는 선입감을 가져온다. 그 세련된 품위와 능숙한 어태語態가 풍부한 경력의 소유자인 듯, 어느 한편 믿음직한 안도감도 드는 동시에 은근히 경계하고 싶은 느낌을 준다.

'본 사건 발생 직후 야전포병단(본인의 근무 부대)을 방문하여 중요한 자료와 정보를 수집하였으며 태평로 본인의 가택도 수사하였고 교우관계, 선배관계, 동지관계 등이며 본인의 경력과 교양 등에도 유의하여 오늘 아침까지에 기본 조사를 완료하고 여기에 따르는 세밀한 증거도 입수하였으니 그리 알라'고 전제하면서 'R소위 자신의 직접적인 활동에 의하여 사건 본인의 사상과 이념에 대한 충분한 검토 분석이 있었음은 물론, 이로 미루어 현재 본인의 심경과 심지어 번민 상태까지 여실히 파악하였으며 또 이 CIC 본부 제 장병도 동정적인 호의를 가졌을망정 절대로 증오하는 적의는 가진 바 아니니 너그러운 기분으로 대하여 달라'고 나의 심정을 달래는 것이었다.

그러나 이 특별한 대우와 무마와 위로가 책략적인 '제스처'이든

진심에서 나온 호의든 간에 모두 내게는 구애될 바 아니다.

이런 심경의 전제하에 심문에 대한 진술의 말문을 열었다.

본 사건을 양성釀成한 원인으로부터 풀기 시작하여 부닥치게 된 동기, 뼈저린 단말마적인 진상에 이르기까지에 격분, 침통, 질타, 비애의 노도 속에 말하는 자아를 잊어버리고 두 주먹을 휘둘러가며 호후呼吼를 계속했다. 실내는 비인 듯, 태고의 적막 속에 나 혼자만이 지껄이는 것 같다. 긴장된 취조관들의 면면에는 내 울부짖음에 반영된 표정만이 물결 치고 있을 뿐이다. 흥분에 도취되어 시간 가는 줄도 모르고 두 시간 남짓 지껄였다.

전신이 땀(汗)에 떴다. 눈물에 충혈된 눈을 감고 '소파'에 네 활개를 던졌다. 그간 2개월여를 두고 초려焦慮 고민하던 비밀, 어떤 친연親緣이나 어떤 위협이 닥쳐도 터뜨리지 못할 말, 그것을 이렇게 일조일석一朝一夕에 토로하고 만 것이다.

백야는 밝았다.

회고컨대 지난 몇 달 동안─, 인간 본능 중에 발표욕도 그 하나이거늘 사소한 세사에도 자랑삼아 남에게 말하고 싶고 토론하고 싶은진대, 이 착종錯綜된 경위, 안타까운 모순, 어마어마한 내막, 난처하여 가던 내 입장….

비밀이 되어서는 안 될 이 비밀, 그렇다고 발표치 못할 이 비밀─ 그래서 주야로 나의 기름은 빠지고 뼈는 말랐다.

무거운 짐을 벗은 듯, 어떤 악몽에서 깨인 듯, 날아갈 것 같다.

창 밖에 전개된 창공이 유난히도 드높아 보인다. 냉수 한 그릇을 시원스럽게 들이마시고 담배 연기를 폐장 깊이 들이빨았다. 정신의 질곡에서 해방된 순간이다.

'클라이막스'한 연극의 간막이 내린 때처럼 실내의 긴장은 아연 풀리고 문간의 출입이 빈번하다. 윤좌輪座한 관계관 칠팔 명도 잊었던 듯이 담배를 일제히 피워 물었다. R중위는 위로의 인사인 듯한 미소를 건넨다.

한 시간 남짓 쉬었다. 관계관들이 각각 제자리에 다시 정좌하였다.

각도를 달리 구체적인 심문에 들어갈 참이다.

아무리 대국의 골자를 근본적으로 척결하는 마당이라 할지라도 앞날의 일을 위하여 아직도 시간적인 비밀이 남아 있다. 나의 요청에 의하여 타인을 물리치고 주재관인 R중위, R소위, O소위 네 사람 만이 대좌하였다.

'전율할 대음모'의 전모를 갈피갈피 폭로하여 나간다. 실내는 다시금 경악과 흥분의 도가니로 화하였다. 상당한 시간이 흘렀을 것이다.

휴척休慽의 간두에 선 국가의 운명을 일발의 기機에서 붙들었고 민족 염원인 통일성업에 적으나마 이바지된 것이 아닌가? 자아 과장이라도 좋다. 오로지 생사를 초월한 이 의분에서 심혈을 경주하여 그늘진 형로荊路를 포복匍匐하면서 오늘 이 시간을 불렀던 것이다.

비밀이 되어서는 아니 될 비밀, 이 음모를 분쇄함이 나의 목적이었기 때문에 이 내막을 폭로시킬 시간을 찾기 위하여 이미 죽음을 각오한 일이면서도 범행 즉석에서 자살을 아꼈던 것이다.

말을 다 하고 나니 공허한 흉강胸腔에는 희열만이 가득할 뿐이다. 나는 이로써 나의 임무를 다한 것이며 생의 가치를 거둔 것이다.

기쁘다. 그러나 또 무엇인지 모르게 슬프다. 나는 이제는 죽어도 좋다, 즉석에서 선생님을 찾으며 죽고 싶다.

'선생님! 백범 선생님! 용서하옵소서. 이같이 오늘을 기다리기 위하여 그 자리에서 선생님의 뒤를 따르지 못했나이다.'

나도 모르게 흐느꼈다.

취조관은 부드러운 태도로 내게 안정을 권하면서 부하로 하여금 식사 흡연의 후대를 명령한다. 그리고 야반에 심문의 계속을 하겠다고 선언한다.

나는 통치 않으리라고 생각하면서도 오늘의 심문 재개를 거절하였다. 취조관도 나의 건강 상태를 동정하였음인지 내일로 약속을 고치며 '편히 안식하라'고 위로의 말을 남기고 나갔다.

저녁밥도 맛있게 먹었다.

긴장이 풀린 탓일까? 아침까지 열 시간여를 꿈도 없이 숙면하였다.

6월 29일(수요일) 맑음

심신이 매우 상쾌하다. 영어圇圄의 신세도 잊어버리고 평화의 보금자리인 양 자리에 누운 채 조그만 들창문 너머로 아침 먼 하늘을 바라보며 담배를 피워 물었다. 담배 맛도 근사하거니와 움직이는 담배 연기도 시적이다.

어제로써 번민도 고통도 다 가 버렸다. 생의 애착도 사라진 이 내 몸에 무엇이 구애됨이 있으랴.

오래간만에 얼굴도 닦고 손도 씻었다.

헌병사령부 군의관의 치료를 받았다. 머리의 상처가 얼마나 컸던지 아직도 건드리면 쑤시는 듯 아프다. 사지도 자유스럽지 못하나 마음의 통증만은 씻은 듯이 사라졌다.

아침 일찍이 취조실로 불려 갔다. 어제와 다름없는 대우로 심문을 받기 시작했다.

취조관은 김학규金學奎, 홍종만洪鍾萬 등을 비롯하여 기타 연루자 여러 명이 구속되었다는 말을 전하여 준다. 이것은 취조에 대한 편의를 돕기 위하여 알려두는 것이라고 명분을 밝히는 것이나 그 언사는 매우 위협적이다.

'연루자連累者?' 안온하던 마음이 어지러워진다. 내가 범한 살인 행위에 대하여 연루자라곤 생각해 본 일이 없다.

전연 독자적인 내 범행의 여파가 그들에게까지 누를 입힐 줄은 꿈에도 생각지 못했다.

김학규는 한독당 조직부장이요, 홍종만은 그의 공작원이다. 홍종만의 소개로 김학규를 알게 되었고 그 두 사람을 통하여 한독당에 가입케 되었고 이로 인하여 김구 선생의 총애를 받게까지 된 것만은 사실이나, 내 주관적인 이론과 사고에서 이루어진 김구 선생 살해 행위에 대하여 조금도 그들이 관여된 바가 없다. 딴 죄라면 모르지만 나의 살인 사건에 연계 운운은 천만부당한 일이다. 의외의 일이요, 불쾌한 일이다.

그러나 죄목이 따로 붙는다면 그들이야말로 중죄인일 것이다. 한독당의 활동에 있어서 그들의 역할이 얼마나 컸던가, 그들의 획득 포섭하는 비밀당원의 집결은 어떤 형태로 자라고 있으며 거기서 양성釀成되는 무서운 독소는 장차 어떤 위력을 발휘할 것인가.

한독당의 그 비밀과 그 음모! 장중양호墻中養虎의 몸서리치는 그 실태!

일찍이 그들의 정치 생명을 부살扶殺하고 그들의 정치 관여를 거부하고 그 밖의 활동도 전면적으로 봉쇄했어야 하였을 것이다. 이것이 나의 자신 있는 관찰이요, 필사의 염원이었다. 범행 당석에서 자살을 단행치 못하고 비겁자의 낙인을 감수한 소이도 여기에 있는 것이다.

다행히도 김학규 일파의 피검被檢이 한독당 암굴暗窟 폭발의 서곡이라면 나는 죽기 전에 한을 풀고 가게 된 셈이다.

사적 예의로는 미안스러우나 이런 부류의 인간들이 백범이라는 큰 그늘 밑에, 위칩蝟蟄(고슴도치처럼 숨어들어)하여 흉계를 일삼았기 때문에 선생님의 혜안이 흐려졌고 급기야는 정견조차 본연의 궤도를 벗어난 것이 아닌가.

내 굳이 변명하고 싶은 때는 아니나 김구 선생 시역 행위에 있어서 직접적인 하수범은 두희라 할지라도 간접적인 방조범은 그들이라는 이론理論을 부정할 수 있으랴.

오늘 취조관의 태도는 어제와는 판이하다. 고압적이다. 그렇지 않아도 마음이 산란하여 심문에 응하고 싶은 정성이 없어진 때라 짜증으로 응수했다.

"나는 이제 할 말은 다했고. 그리고 나는 중대한 정치범이며 살인범이요, 살인범 치고도 애국자요 혁명가요 민족의 위대한 영도자이신 국부를 시역한 대죄인이요, 나는 지금 사형 집행을 기다리고 있는 몸이니 구차스럽게 물을 말도 대답할 말도 없소. 당신이나 나나 이 이상 골머리를 앓을 것이 뭐 있소. 필요치 않으니 내게 대한 취조는 이로써 종결을 지읍시다."

반 애원조로 취조를 거절했다. 그러나 이로써 취조를 단념할 그들이 아니었다. 능숙한 수단으로써 말을 이리저리 돌려가며 때로는 억압도 하고 때로는 달래기도 하며 심문의 서두를 풀려고 애썼다. 심지어는 아무 것도 아닌 나의 법률 상식에까지 호소하는 것이었다. 나는 나 나름대로 이리저리 응답을 회피했지만, 결국에는 하는 수 없이 취조에 응하고 말았다.

조서는 삽시간에 오설五糒(다섯 됫박 싸레기) 남아 부풀었다. 점심을 먹고 난 뒤에도 꼭 같은 고역이 기다리고 있다. 꼭 같은 조건 밑에 꼭 같은 수확을 쥐고 나서야 '데스크'를 정리한다. 이 대상代償으로 담배 한 갑과 신문 한 장을 받았다.

신문! 지금의 나로서는 천금과도 바꿀 수 없는 선물이다. 일찍이 어떤 희생을 하여서라도 입수하고 싶었던 보물이다.

1면은 보지도 않고 쥐어지는 대로 2면에 눈을 던졌다. 28일자의 것인데 지면 반 이상이 내 사건으로 메워져 있다. 나라고 실린 사진을 자세히 보니 안경을 쓴 엉뚱한 사람인 데는 웃지 않을 수 없다.

이렇듯 신문인들의 망살忙殺된 자취로만 미루어서도 세론의 우란상優亂相을 짐작할 수 있다. 그러나 과대한 욕설이 없음은 적이 뜻밖의 일로 다가왔다.

앗! 1면을 뒤집기도 전에 그 제호조차 미처 보지 못한 단 한 장의 신문은 어느새 밀령을 받고 왔는지 무자비한 감시병에게 빼앗기고 말았다. 원망스러운 눈초리로 반항하여 보았으나 감시병은 자못 기계적인 인간이었다.

영창에 돌아와서도 신문 생각을 했다. 그 차가운 감시병의 인상이 좀처럼 머릿속에서 사라지지 않는다. 사회에 있을 때 그 누군가 옥중에서 간수의 환심을 사노라 애썼다는 이야기를 회상하며 머리를 끄덕였다.

식사 때의 감시병은 친절했다.

오늘 저녁, 식사와 담배 맛은 근일에 없던 꿀맛이다. 처음으로 밥 한 그릇을 다 먹었다.

초경初更(오후 6~10시)에 어떤 장교 한 명이 영창을 지나다가 들여다보면서 돈독한 위로의 말을 건네며 감시병에게 물 준비와 변기의 마련이 충분히 되었는가 검사하라고 명령하는 등 살인수에게는 황송스러운 온정을 베풀고 갔다.

능란한 취조관, 신문을 빼앗던 차가운 감시병, 지금 왔던 다정한 장교, 이런 생각 저런 생각에 좀처럼 올 것 같지 않던 잠이 아침 늦게까지 냅다 계속되었다.

하루 평균 서너 시간밖에 이루지 못하던 잠이 입창 후에는 한없이 쏟아진다. 단 며칠 동안에 체중이 늘었을 것만 같다.

6월 30일(목요일) 맑음

일찍 잠이 깼다. 방구석에는 아직 어두움이 물러가지 않았다.

그렇게도 숨 막힐 듯이 무덥던 공기가 가물의 전조인지 무척이도 가벼워졌다. 누운 채 머리맡을 더듬어서 담배를 빼물었다.

서광을 머금은 연푸른 하늘은 구름 한 점 없이 유난히도 깨맑다.

슬픔에 잠긴 경교장의 널따란 경내에도 날이 밝았겠지.

선생이 유명을 달리하신 지도 벌써 5일째. 시신은 어느 방에 모셨는지? 빈실殯室의 촛대에는 낙루落淚에 지친 백촉白燭이 수십 가락 갈렸으리.

나는 장차 1제곱미터도 못 되는 저 창 폭의 하늘가에 몇 아침 몇 저녁이나 더 보내고 또 맞을 수 있을런가? 어제 얻은 양담배 온 한 갑이 하루도 지나기 전에 반 남아 다 탔구나.

망연히 먼 하늘을 바라다보며 담배 두 대를 연달아 피웠으나 정사靜思의 시간은 그리 길지 못했다. 제 시간에 제 소음은 다시금 시작됐다. 분주하게 걷는 구두소리, 수돗물소리, 문 여닫는 소리….

감시병이 수건까지 담가 가지고 세숫물을 떠왔다. 나는 용기를 내어 팔꿈치로 짚어 가면서 혼자서 상반신을 일으켰다. 머리 상처에 오는 충동이 그리 가벼운 것은 아니나 처음으로 부축 없이 일어나 앉으니 기분이 상쾌하다. 감시병을 쳐다보며 나도 모르게 빙그레 웃었다. 감시병도 마주 웃는다. 아마 기력이 많이 회복되었구나 하는 듯한 웃음 같다. 수건을 적셔서 붕대가의 얼굴을 닦고 비누를 빌어서 손도 씻었다.

감시병들도 며칠 동안에 낯이 익었음인지 화석 같은 표정이 풀렸다.

아침식사가 끝난 지 얼마 안 되어 말쑥하고 단정한 옷차림으로 R중위와 R소위가 찾아와서 "편히 잤소?" 하고 인사를 건넨 뒤에 홀홀忽忽한 태도로 "오늘은 취조가 없을 것 같으니 마음 놓고 유장悠長한 기분으로 정양靜養하시지" 하고는 나가 버렸다.

오늘은 취조가 없다? 이상하다. 어제 그렇게도 강요하던 심문 응답을 갑자기 중지시킨단 말인가? 그러면 왜 중지할까? 하기야 내 범행의 원인이며 직접적인 동기며 현장의 모양이며 지금 나의 심경까지 남김없이 설파하였으니 더 물어볼 말도 없을 것이다. 그러면 이제는 그것으로서 곧 법의 재단이 내릴 것이요, 뒤이어 형이 집행될 것이다. 예로부터 죽일 사람은 잘 먹이고 후대한다더니 아마 오늘 저녁이라도 사형 집행을 하려는가?

김학규 일당까지 잡혔다니 나의 임무는 완료되고 남은 한도 풀릴 듯하지만 내가 일찍 각 부문의 수사기관 당로자當路者로부터 수차에 걸쳐 들은 바 '이것은 중대사건이라고 캐치하여 가지고 파고 들어가면 종내에는 거개擧皆가 경교장으로 꼬리를 감추어 버리곤 하는 데는 질색이다'라는 이야기를 회상컨대는 백범의 서거로서 그 복마전도 무너졌으니 굳이 왕사往事에 속한 사건을 세론世論 앞에 확대시킬 것이 없으며, 고인의 위신이나 체면을 위하여 내게 대한 것도 이 이상 추궁할 것 없다 하여 범인을 처치하여 버리고 이 진상은 적당한 발표로써 호도하려는 것이나 아닌가.

그렇다면 '이내 모습'과 범행의 참된 뜻을 널리 세상에 알리기는커녕 신뢰하는 벗들과 선배는 물론 불쌍한 가족에게까지도 말을 남기지 못하고 역적의 낙인만을 찍힌 채 그대로 사라지게 될 것이 아닌가.

정녕 그렇다면 이 일기도 곧 중단되지 않으리라고 누가 단언하랴. 어제 신문을 빼앗은 뜻도 이제야 알 것 같고 취조관의 태도 변호도 이제야 짐작된다.

시각을 예측 수 없는 이 여명餘命이 쓰다가 중단될망정 김학규를 알게 된 시초부터 선생님을 살해할 때까지의 경위를 대략이나마 적어 보기로 하자. 설령 다 썼다 해도 내가 죽은 뒤에 이 종이마저 성냥불의 세례를 받게 되는지 그 또한 누가 알랴. 그러나 이것도 운명으로 치고 하여간 쓰기로 하자.

×　　　×　　　×

이 사건의 전모를 광범위하게 해부한다면 작년 남북 협상 문제에서부터 논거하게 될 뿐만 아니라 다시 나아가서는 멀리 8.15 해방 되던 해 섣달 반탁운동 봉화의 와중에서 피살된 송진우 씨 사건에까지 소급될 수 있을 것이며, 백범 선생과 나와의 심적 연고를 더듬는다면 한 발자국 더 멀리 8.15 해방 전 선생님의 존명을 알게 된 아버지의 귓속 말씀에까지 미치게 될 것이나 이것들은 모두 부차적인 이야기일 것이니, 사건의 핵심을 파고든다면 지난 정월 한국독립당 조직공작원 홍종만의 소개로 동同 중앙당 조직부장 김학규와 지면知面케 된 것이 근인近因의 남상濫觴일 것이다.

홍종만은 태평로집(월남 동포 20여 세대가 동거하는 적산가옥 피난민 아파트)에 같이 사는 청년으로서 아침저녁 기회 있는 대로 한독당을 선전하여 오다가 정월 하순 김학규와의 인사 소개까지 하고 나서부터는 열심히 입당 공작을 전개하여 왔다.

아닌 게 아니라 백범 선생에 대한 흠모와 한독당에 대한 관심은 어제 오늘의 일이 아니다.

미국과 소련 양웅의 각축에 끼인 우리로서 주권 통일 운동의 정략적인 명분을 세우기 위하여서라도 협상에 응하는 금도襟度를 보여 주는 것까지는 이미 나 자신으로서도 찬성한 것이지만 세계의 이목을 일신에 지니고 나섰던 백범 선생은 어찌 되었던가. 사전에 맹서하신 바 그대로 38선상의 철로를 베고 눕지는 못하실망정 귀경하신 후 겨레 앞에 일장一場의 석명釋明이라도 계셨어야 한 것이 아닌가. 그런데 협상에서 돌아오신 선생님은 도리어 몽매한 저희들로 하여금 회의懷疑의 심연 속으로 잠기게 하고 계시는 것이 아닌가.

여기에 지금 제1당으로 자처하는 한독당, 팽창일로膨脹一路에 있는 그 당세黨勢에는 어떤 암류暗流가 있는지 5.10선거 '보이콧' 설은 어떤 당략에서 나온 것인지….

일찍이 '신神'과도 같이 앙모仰慕해 온 세기의 거성, 역사적인 위인 백범 선생님을 지척지간에 대면하옵고 단 한 마디 담화라도 교환해 보았으면 하는 것이 은근한 나의 염원이었거늘 이제 수시로 앙좌仰座할 유기적인 연고가 맺어지고 그 슬하에서 훈도薰陶 받을 기회를 얻게 된다면 얼마나 좋을까, 생각만 하여도 마음의 작약雀躍을 금하기 어려울 지경이다. 만나서 훈도訓導를 앙청仰廳하오면 알게 될 것이다. 지금 선생님께 대한 항간의 훤전喧傳은 모두 낭설이요 부질없는 기우에 불과할 것이다.

설사 간신배들의 협잡 때문에 간혹 왜곡된 판단을 내리시는 일이 계실지라도 비록 문외한이요, 몽동蒙童의 말일망정 솔직 대담하게 주상奏上하면 못 알아들을 리 없으실 것이다.

한독당만 하더라도 그 자체가 선생님의 직접적인 영도하에 있으니 그 '이데아'에 무슨 불순함이 있으랴. 우리들의 천박한 상식을 가지고 경솔히 피상적인 결론을 내리고 말 바는 못 될 것이다.

암흑 반세기 왜정의 질곡 속에서 자란 우리들이 아직도 혼미의 여독이 채 가시지 않은 지금 어찌 불우한 몸으로써 세계 정국에 헤엄쳐 온 그 세련된 경륜을 일거에 비판할 수 있으랴. 파고 들어가 보자. 그러면 모름지기 미지의 경국대도經國大道가 있을 것이다.

이리 하여 나는 비밀당원으로서 입당 절차를 밟은 것이 지난 3월 상순이었다. 입당 수속이 끝나고 비밀당원증을 몸에 지닌 다음, 나의 절절한 염원이던 백범 김구 선생님과 대면의 날은 왔다.

김학규의 안내로 경교장 2층 서재의 미닫이문을 조심스럽게 열었다.

한복 차림에 싸인 건장하신 체구는 발산拔山의 장력壯力을 지닌 듯하고 검붉은 혈색과 위엄 있는 안광은 한 눈에 마치 심산의 사자와도 같이 개세蓋世의 패기를 보여 주는 듯하다.

선생께서는 기다리셨다는 듯이 내 손을 덥석 잡으시며 말씀하셨다.

"오오, 네가 두희냐?"

반세기 해외 풍상이 아로새겨지신 주름진 노안에 만면의 미소를 지으신다.

"선생님! 광영이올시다. 변변치 못하오나 이 나라의 충성된 아들의 하나이오니 엄히 키워 주시기 바랍니다."

무엇인지 나도 모르게 얼굴이 화끈하여지며 눈시울이 뜨거워짐을 깨달았다. 갑자기 할 말도 없다.

"고향이 이북이라지?"

"네, 평북입니다."

"군무가 매우 고달플 테지? 그래 일할 때다. 열심히 배우고 닦아라."

선생님께 대한 나의 소개는 지금 이 자리가 아닌 모양이다. 미리부터 사전 소개가 충분히 있었던 것이 틀림이 없음을 직감하였다.

인사 정도로 대면을 마치고 물러나왔다. 세상을 얻은 듯, 환희의 심정은 무어라 표현할 수 없었다. 발이 땅에 닿는 둥 마는 둥 경교장 넓은 앞뜰을 좁다 하고 종종걸음으로 대문을 나섰다. 집에 돌아와 선생님께 면회 사실을 자랑하며 어린애처럼 말을 보태서까지 허풍을 쳤다.

홍종만은 조석으로 만나는 사람이요, 홍의 연락으로 김학규도 자주 만났다. 엄항섭嚴恒燮도 알게 되고 선우鮮于를 비롯하여 경교장의 비서들도 알게 되었다.

당 간부들의 '크게 기대되는 일꾼'이라는 찬사도 불유쾌한 것은 아니지만은 무엇보다도 내게는 선생님을 만나는 것이 둘도 없는 즐거움이었다.

경교장은 이미 내 집같이 무상출입이다. 구실이 붙는 대로 자주 찾았고 일요일은 거의 예외 없이 정기적으로 방문했다.

선생님께서는 만나면 만날수록 친밀히 대해 주셨다. 친필 족자를 두 폭이나 받았다. 나는 대포 탄피로 만든 화병 한 쌍을 선물했다.

포병대 내에서 유위有爲한 비밀당원을 포섭하라는 지령을 받고 그 후보자 명단도 작성하여 조직부에 바쳤고, 김학규로부터 그 운동비로 몇 차례 용돈도 받아 썼다.

그럭저럭 한 달 남짓 시간이 흐르는 동안에 가까이 접하면 접할수록 그렇게도 신뢰하는 선생님으로부터 의아함을 느끼게 되어 선생님을 위요圍繞한 엄항섭, 김학규 등의 동태에 대하여도 비상한 주의를 가지고 임하게 되었다.

말이 많고 적은 데는 상하가 있고 이론理論이 연역적이요, 귀납적인 데는 분별이 있을망정 궁극의 '이데올로기'나 정책은 선생님이나 주위 인물이나 마찬가지의 사고임에 틀림이 없는 것 같았다.

아무리 호의로 해석코자 하였으나 명확한 해답을 얻기는커녕 날이 갈수록 미운迷雲은 짙어 가고 도리어 어마어마한 새 사실만이 발견될 뿐이다.

첫째, '건국실천원양성소'는 무엇이며 '백범정치학원'은 무엇이며 '혁신탐정사革新探偵社'는 무엇 하는 곳인가? 세상은 잘 감지하지 못하고 있을 것이리라. 이 기관들은 모두가 그들이 호장豪張하는 말 그대로 무시무시한 정치성의 태반 위에 자라고 있는 명찰名札 있는 비밀결사이며 살기를 간직한 행동 부대임에 어찌 놀라지 않을손가. 나는 벌써 은근한 협박과 위협을 받았다. '당의 조직 지령은 절대적일 것이며, 이 지령에 움직이지 않는 자는 반동이다. 탈당의 자유란 없다 반동자의 등 뒤에는 오로지 죽음의 제재만이 따라 설 뿐이다'라는.

전라도의 모 경위가 암살당했고, 모 부대의 모 장교가 행방불명이 되었고 모 관청의 모인某人이 고기(魚) 밥이 되었다고 하는 등등 전율할 사실의 강의를 여러 차례 받았다.

달리 말하자면 나도 이미 탈당의 자유를 박탈당한 사람이요, 지령의 철쇄에 얽힌 수인 아닌 수인이 되고 만 것이다. 다시 파고들면 가공可恐! 이 비밀당원의 조직망은 나날이 만연蔓延해 가고 경찰진에도 상당한 세력으로 침투되고 있거니와 특히 그 주력은 군대다. 군대 중에서도 행정적으로 절대적인 성능을 영유領有한 ○○대를 비롯하여 ××대, ××대. 그러면 포병계에서는 내가 부지불식간에 영예로운 지하세포책의 인수印綬를 받게 된 것이 아닌가.

이로써 나는 심도 모를 고민의 어두운 동굴 속으로 실족케 되었다. 천 가지 만 가지가 의아의 대상 아님이 없다.

선생님께서 지난해 호남지방 순회강연 때에 하셨다는 말씀 '지금 이 박사의 정부는 정부이기는 하지만'이라는 전제 한 마디가

웅변으로 해명하는 그대로 '소위 이남의 반 쪼가리 정부도 우리 정부일 것 없고 이북의 반 쪼가리 정부도 우리 정부일 것 없다'라고 개탄하는 그 대승적인 심경은 통찰할 수 있는 면이 있으며 '상해 임정의 법통'을 아직 고집하는 그이로서는 의외의 폭언도 아닐 것이나 아직도 선생의 일거수일투족이 대중에게 영향을 주는 바가 적은 것이 아닐진대 이 선동적인 언사가 그 무엇을 교사한 결과가 되지 않았다고 그 누가 단언할 수 있으며 저 여순반란사건에 한독당 공작원 오동기吳東基가 개입되었다는 설을 어찌 오비이락 격이라 웃어만 버릴 수 있을 것인가.

강 소령, 표 소령이 월북하기 직전까지 이 양 부대 영문 출입을 자기 집 문 드나들듯 하다가 양 부대 월북과 동시에 잠적하여 버린 자가 한독당 공작원이며 혁신탐정사 사원인 이황장李璜章이라는 사실을 어찌 직시치 않을 수 있으랴.

'선생님! 죄송합니다. 이것이 모두 두희 자아류自我流의 관찰이요 자아류의 해석이오나 제가 그렇게 존경하던 선생님에게 시역의 총을 겨누기까지에 겪은 번민상煩憫相을 가식 없이 그대로 토로하는 것이오니 왜곡된 점은 장차 지하에서 선생님을 뵈올 때 순순히 타일러 주시옵소서.'

다시 한 번 8.15 이후 우리 한국의 정국을 부감俯瞰할 때 '골목 방구석 정치평론객'들의 전망 그대로 '공산 계열을 제외한 남한에 놓인 우익 진영의 대세는 미주파(이승만 박사계), 중국파(

임정계), 국내파(한민당계)의 정립이다'라는 주장을 수긍한다면, 한독당은 망명 생활 사십성상 즐풍목우櫛風沐雨의 정신력의 긍지를 교재 삼아 국내 동지를 재빠르게 규합하면서 '대한민국임시정부의 법통'을 내걸고 어떤 형태로든지 김구 주석에게 대권을 장악시키기 위하여 미주파를 사대주의 화신으로 규정짓고 국내파를 부일附日 잔재로 몰아세우면서 자파 세력만의 신장확충伸張擴充을 꿈꾸는 것이 아닐까. 그렇다면 항간의 논정論定 그대로 송진우宋鎭禹, 장덕수張德秀 양씨는 이 국내파 주동세력 도륙 작전에 희생된 것이 분명할 것이다.

여기까지에 상도想到될 때 지난번 선생님께서 족자 두 폭을 써주신 날이 하필 각각 윤봉길尹奉吉 의사의 기념일이며 안중근安重根 의사의 기념일인가? 이상스럽게 생각하지 않을 수 없다.

의심은 의심을 낳고 번민은 번민을 더하여 매일 밤 그 두세 시간도 잠을 이루지 못하고 밝혔다. 몸은 폐병 환자처럼 나날이 야위어만 간다. 이렇게 5월도 다 갔다.

이 의심과 고민을 불식하기 위하여 당 간부들과 논란하여 볼 기회도 모색하였고 선생님과 직접 담판하여 볼 틈도 엿보았으나 좀처럼 시원스러운 말을 들을 수가 없었고 도리어 거거익심去去益甚으로 부하된 책무인 지하 조직 공작에 정신挺身하라는 지령의 반복뿐이더니 달이 바뀌면서는 '8.15 광복절을 전후하여 중대 행동 지령이 내릴지 모르니 여기에 대비하도록 태세를 갖추라'

는 무시무시한 명령까지 받게 되었다.

'8.15 전후?', '중대 행동?'

심장의 피가 역류하는 것같이 눈이 뒤집혀짐을 금할 수 없다. 언제인가 나의 부대에 장비된 대포의 성능과 문수門數의 질문을 받은 바가 있다. 그것은 또 무엇 때문일까?

부대에 출근하여도 그렇게 근면하던 내 손에 도무지 일이 잡히지 않는다. 움직이는 것만 같은 대포의 포문만이 자꾸만 눈앞에 나타난다. 세상이 세상 같지 않다.

이렇든 격심한 내심의 고민은 어찌 안색과 거동에 나타나지 않을 것인가. 당 관계자와 만나는 것이 무서워지고 선생님을 찾는 발길도 자연히 뜸해졌다. 선생님도 내 태도를 눈치 챘음인지 나의 질문을 귀찮게 대하며 "군인이면 군인답게 군무에나 충실할 것이지 네 따위가 정치를 알아서는 무얼 하느냐" 하고, 때로는 신랄한 태도로 육박肉迫하려 하여도 이런 등속의 화제에는 동문서답 격으로 응수하실 뿐 좀처럼 기회를 주시지 않는다. 부지중不知中에 선생님과의 사이는 현격히 멀어졌음을 깨달았다. 악착스럽게도 의사議事를 천단擅斷하려고 발악하는 반동의 무리, 소위 국회 소장파의 노선과 한독당의 지론이 어쩌면 그렇게도 부합될 법인가. 공산당 프락치 국회 소장파의 주도권을 쥐고 있는 무리의 본거本據이며 참모부가 경교장이라는 세론世論도 중상만이 아닐 것이니 지금까지 반동적인 정치사범의 배후 관계를 캐고 들어가면 거개가 경교장이라는 미궁으로 숨어 버린다는 이 사실을 제 아무리 현하지변懸河之辨일지라도 도저히 이를 반증치는 못하리라.

참된 겨레들의 직간 읍소를 물리치시고 도망치다시피 경교장 뒷문을 빠져 나가시면서 "초지를 관철치 못하면 귀로에 38선을 베고 누워 죽고 말리라"라는 맹서를 남기고 월북하셨던 선생님이 협상에서 무엇을 얻으셨는지, 아무런 성과 없이 38선을 되넘으셔서 귀경하신 후 뚜렷한 진상 발표와 심경의 피력도 없으신 채 일관하여 미 정책을 박대薄待하시며 유엔의 처사를 치소嗤笑하시며(비웃으시며) 미군 철퇴를 주장하셨고 미의 대한원조對韓援助를 중상하여 심지어는 그렇게도 미덥고 향기로우시던 이 박사님과의 금란金蘭의 교도 끊으셨으니, 슬프다. 5.10선거를 거부하고 부통령의 취임 권고까지 뿌리치실 줄이야 어찌 알았으랴.

그러면 한독당은 공산당의 방계 정당인가? 그렇지 않다, 김구 선생님은! 김구 선생님만은!

'백골이 진토되어 넋이라도 있고 없고' 공산주의자는 못 될 것이며 공산당을 좋아하실 수도 없을 것이다.

나쁘다면 보필하는 놈들, 주위의 놈들이 나쁠 것이다. 엄항섭이가 그런 놈이요, 김학규가 그런 놈일 것이다.

놈들이 혜안을 가리고 민이敏耳를 막아 선생님을 거세하여 버리고 그 큰 그늘 밑에 나칩螺蟄하여 갖은 흉계를 꾸며 내는 것이 분명하다. 우리는 이 위대하신 영도자의 영명을 살리기 위하여 그 그늘 아래 준동하는 간귀들을 하루바삐 소탕하여야 할 것이다.

지난 5일 무렵일 것이다. 신문은 놀라운 사실을 보도했다.

'미국은 하원에서 통과된 1억 5천만 불의 대한군사원조안을 상원에서 부결시켰다.'

나는 이날 신문을 움켜쥐고 선생님을 방문했다.

"미군은 이미 철퇴한 이때에 군사비 원조마저 끊겼으니 우리의 국방 문제는 장차 어찌 될 것입니까?"

"우리는 주권의 나라이어야 하며 자주의 백성이어야 한다. 죽든 살든 우리의 일은 우리끼리 우리 힘으로 해결해 나가야 할 것이 아니냐. 사대주의 사상의 노예가 되어서는 안 된다. 미국이 까닭없이 이해관계 없이 무엇 때문에 군대를 보내고 돈을 주겠느냐. 너도 이 나라 젊은 군인이니 전통 있는 단조檀祖의 붉은 피가 뜨겁게 체내體內를 휘돌고 있을 것이다.

생각해 보아라. 옛 역사는 고사하고라도 빈주먹으로써 총검에 반항한 기미운동이 있었으며, 과병소총寡兵小銃으로써 중무장한 왜놈의 정병 대부대를 격파한 독립군이 있었으며, 근 40년의 긴 세월에 망명정부를 이끌고도 불멸의 정신을 세계만방에 과시한 바도 있지 않았느냐.

8.15 이래 미군이 남기고 간 무기만으로도 태산이다. 염려할 것

없다. 나머지는 너희들의 정신무장이다. 반지뻐러운(쓸데없는) 생각 말고 자기 맡은 일이나 열심히 해라."

선생님의 태도는 대단히 냉담하다. 그 표정부터가 두 번 다시 질문의 가차假借를 주시지 않는다. 내 딴에는 생각이 그렇지 않아서 뛰어왔건만, 원망스럽기 짝이 없다. '완고한 아버지!', '대원군 같은 영감!'이라고 마음속으로 주저呪詛도 하여 보았다. 선생님은 아시는 뱃장인지 모르시는 꾸지람인지 안타까운 노릇이다.

지난 봄, 부대에서 장교 교육시 영어 교재로 나누어 준 《타임스 지》의 '극동 특파원이 쓴 평론'에서 이런 구절을 본 생각이 난다.

'한국의 군대는 김구 씨의 군대요, 한국의 경찰은 이승만 씨의 경찰이다. 미국은 한국에 대한 원조 정책을 재검토할 필요가 제기될 것이다.'

대단히 신랄한 논평이다. 집정자도 아니요, 무인도 아닌 김구 씨가 군의 조종권을 장악하고 있다는 것은 무엇을 시사함일까? '이승만 씨의 경찰'이라는 어구도 한낱 김구 씨의 군대라는 표현을 좀 더 강화시키기 위한 야유揶揄스러운 대조사對照辭인 것 같다. 선생님께서는 도대체 시국을 어떻게 보시며 무엇을 생각하시는지 갈피를 잡을 수가 없다. 모두가 의문뿐이요, 경교장이란 무슨 복마전같이만 보인다.

미국의 대한 원조비 부결의 보도가 있기 며칠 전 육군본부 비밀공문으로서 각 부대 보급관에게 전달된 명령서에서 (나도 보급

담당자의 1인이었기 때문에) 놀랄 만한 통계 숫자를 보게 되었다.

즉, '미군 진주 이래 통위부 시대부터 지금까지의 사이에 한국 군에 보급된 장비 기타 군수물자를 조사하여 본 결과 평균 ○할이 행방 모르게 없어져 버렸다 하여 〈국공협상 마샬보고〉 당시의 중국 실태와 흡사히 이 행방불명의 군수물자는 모두 적방敵方으로 유출된 것이라는 혹평을 받게 되었으니 금후 더욱 엄중한 군수물자 단속을 요한다'는 내용이다. 기우가 아니라 사태는 이면을 알아볼수록 점점 어지러운 사실뿐이다.

북방의 괴뢰들은 금방이라도 남침을 감행할 듯이 군비 증강에 광분중인데…, 미군은 철퇴하고, 주고 간 군수물자는 ○할이나 적이 훔쳐 갔고, 게다가 미국의 원조 루트마저 단절된 현실에 있어서 공공연히 정계를 교란하고 있는 국회 프락치들과 호흡을 같이하는 세력이 남이 아니라 외국인으로부터 군의 조종력을 장악하였다고 규정받은 김구 선생이시며 무서운 음모를 내포하고 목하 지하조직을 확대중인 한독당인데는 어찌 몸서리치지 않을 수 있으랴.

사태가 급박하다고 생각하면 급박할 대로 급박한 것 같다. 어떠한 방법으로라도 선생님께 직간直諫을 거듭하며 어떤 일을 하여서라도 선생님의 왜곡된 관념을 광정匡正(바로잡아)시켜 보자. 그러다 안 되면 '테러'에 희생되는 한이 있더라도 결연히 탈당이라도 감행하자. 하여튼 선생님과 용감하게 대결하여 흑백을 가려야 할 때다.

이렇게 마음의 태도를 결정 지어 보면 어느 정도 눈앞이 밝아지는 듯하나, 뇌리에 굽이치는 고민의 파도는 좀처럼 잠들지 않는다. 마음의 안정을 얻기 위하여 얼마 동안 당 간부들과 만나는 자리를 피하여 가면서 선생님의 눈치를 살피는 동시에 대론對論의 기회를 엿보기 위하여 이따금 경교장을 찾았다.

선생님을 이 세상에서 마지막으로 뵈옵기 일주일 전이다. 그렇게도 영악獰惡스럽게 세인의 감정을 물어뜯던 노일환盧鎰煥 이하 국회 소장파 6명이 일거에 구속되고 김약수는 피신하였다는 소문이 퍼지자 모 신문은 '김약수는 김구 씨 보호하에 은신'이라는 뉴스까지 버젓이 실었다.

나는 또 선생님을 방문하였다. 경교장은 자못 소연騷然한 분위기다.

"국회 소장파 문제로 선생님께 대한 세론은 굉장하오며 일부에서는 선생님께서 김약수 씨를 은닉시켰다고까지 하오니 어떻게 된 것입니까?"

"또 그 따위 소리냐? 네가 알 것까지 없다. 시끄럽다. 군인이면 연무練武나 할 노릇이지 무슨 건방진 수작이냐"

다짜고짜로 불이 나는 반박을 받았다. 나는 말문이 막혔다.

"그렇지 않아도 잡음에 골머리가 아프고 또 세상눈이 시끄러우니 두류逗留하지 말고 빨리 가거라."

나의 퇴석을 재촉한다.

"그러면 선생님은 저를 버리시는 것입니까? 관계를 끊으시는 것입니까? 정녕 그러하시다면 다시는 오지 않겠습니다. 당원증도 바치오리까?"

나도 적이 흥분되는 기분을 막을 수 없었다.

"그렇게 할 것까지는 없다마는 부질없는 잡념을 버려라. 깨끗이 죄를 씻어라. 네 태도가 뭐냐? 내 마음을 떠보자는 말이냐?"

약간 달래는 어조이시면서도 노기는 사라지지 않는다.

"그러면 가겠습니다. 다시는 아니 오기로 하겠습니다."

울화통이 터지는 것을 억제하면서 이 이상 이야기를 늘어놓지 않기로 하고 일어서 나와 버렸다.

이로부터 2일 후—

운명의 작희作戲는 내게도 극적인 사실을 가져 왔다.

황해도 옹진 국사봉의 전투는 종래 38선 곳곳에서 발생되어 온 작은 충돌과는 양상을 달리하여 국군 창설 이래 최초로 포병의 출동 명령이 내린 것이다.

때마침 포병사령관으로부터 하달된 작전 명령은 '제7대대 중에서 1개 중대를 출동시킬 것'이란 것이다. '내 차례다' 하고 나는 작약 환희하였다. 나는 제1중대장이다. 군 작전의 규례規例로 보아 이런 때에는 서열 순으로 움직이는 것이 통칙이기 때문이다.

서북청년회 이래 1번 구호로 울부짖으며 몽매간에 그려 보는 소원, 원한의 38선에서 전개된 대공전투에서 기백에 의결된 노후의 포문을 열 생각을 하니 감개무량하다.

나는 마음속으로 '칼 집고 일어서니 원수 치떨고, 피 뿌려 물들인 곳 영생탑 세워지네'의 옛노래 1절을 불렀다.

그런데 의외에도 출동 명령은 제3중대에 내리고 나는 제3중대 출동 명령일자에서 2일을 소급한 6월 21일부로 목하 결원중인 연락장교로 발령이 났다. 낙망천만落望千萬의 일이다. 감격의 꿈은 일순에 산산이 부서지고 말았다.

와병중인 장 사령관을 병원으로 찾아 항의를 거듭하여 보았으나 도리가 없었다. 분한 일이다. 전임 연락장교인 김 소위는 수일 전 술자리에서 상관과 싸우다가 두드려 맞고 입원과 동시에 휴직 명령을 받았기 때문에 이 자리가 공석이었던 것이다.

김 소위가 실수가 없었던들 나는 틀림없이 전지로 향하였을 것이다. 연락장교로 뽑히게 된 '우수한 장교'라는 인정의 광영도 반갑지 않다. 지금 생각하면 이것도 선생님과 나와의 악연을 고결固結시키는 숙명이었었는지. 이때 내가 전선으로 향하고 말았더라면 죽더라도 본회本懷의 죽음(죽음다운 죽음. 본래 뜻한 바의 죽음)을 이루었을 것이고, 선생에게 대한 시역의 기회는 피할 수 있었을 것이다.

수개월을 두고 축적된 울분과 고민을 세척할 호기회이며 월남 수년래의 숙원이던 참전의 꿈이 무참히도 깨지고 나니 사체四

體가 느려지는 것 같다.

전속 발령을 받고는 결근계를 던진 채 부대에 나가지 않았다.

◆드디어 역사적인 비극의 날. 26일은 예사로이 밝았다◆

간밤에는 아내의 낙산 소동에 더욱이나 눕지도 못하고 뜬 눈으로 지샜다.

일요일이다. 초여름의 폭양曝陽은 아침녘부터 대지를 태울 듯이 날카롭다. 열 시가 좀 지나서 철야에 지친 눈을 부비며 집을 나섰다.

'어디를 갈까?'

무심히 옮기는 발걸음은 세종로 네거리까지 다다랐다.

왼편으로 뻗은 서대문 쪽 충정로를 바라보면서 문득 생각을 돌렸다.

'경교장으로 가자.'

이렇게 우유부단의 시간만을 보낼 것이 아니다. 주저하면 주저할수록 암운만이 짙어 가는 것이 아니냐. 저번 달 그렇게 몌별袂別(소매를 부여잡고 작별함)에 가까운 언사까지 주고받았을진대 선생님의 총애도 다시는 예전 같지 못할 것이며, 지금 이 시간에도 검은 그림자가 나의 뒤를 따르고 있는지 누가 알랴.

일이 여기까지에 이르렀으니 오늘은 결단코 선생님의 심저心

底를 똑똑히 규명하며 실태를 분명히 파악하여 만약에 충언이 끝내 헛수고가 되고 만다면 다음 시간에 죽는 한이 있더라도 결연히 당원증을 내던지고 이 마굴魔窟의 정체를 일거에 폭로하는 동시에 선생님 주위에 야합 칩복蟄伏된 악당들을 일망에 타진하여 그 파괴적이며 반역적인 전율할 음모 사실을 일일이 척결하여 놓으리라. 이것이 국가의 운명을 위하는 길이며 선생님을 돕는 길이 될 것이다.

경찰관 파출소 뒤를 돌아 서쪽을 향하여 천천히 발을 옮기며 생각했다.

'어떻게 만나 어떻게 말을 붙여 볼까?'

이런 작전과 사색의 시간을 갖기 위하여 경교장을 120미터 앞둔 행길가 다방 자연장紫煙莊에서 잠깐 쉬기로 했다. 눈을 감고 묘안을 모색했다.

—첫째, 지난번 선생님께서 오지 말라 하셨고, 나도 다시 가지 않는다고 말하였으니 오늘 방문한 구실을 어떻게 붙일까?

이번 국사봉 전투에 국국 창설 이래 처음으로 포병이 출동하게 되었으며 그 제1진으로 내가 가게 되어 작별 인사를 드리러 왔다고 거짓말을 하자.

—둘째, 그러면 담판의 서두는 무엇을 택할까?

선생님이 숨기셨다는 김약수가 엊그제 자기 처의 집에서 잡혔다는 이야기로써 시발始發하자.

—셋째, 전같이 말을 중단시키면 어떻게 할까?

이 기회가 마지막이니 상하의 예의를 돌볼 것 없이 선생님이야 답변하시건 말건 들은 말, 마음에 머금은 말 전부를 남김없이 토로하자. 그러면서 지금까지 억눌러 오던 설움을 터뜨려 놓자.

그렇다. 백범 선생이야말로 우리 겨레의 귀감이시다. 지금에 와서 이 '거울 면面'을 흐리게 더럽혀 놓은 것은 가증하게도 선생님의 존재를 이용하려 드는 측근자 간귀奸鬼들일 것이다.

소위 한독당을 형성하고 있는 중견 간부는 물론 저 지하공작원들 전부가 의식적으로 야합된 부족들이라면 그야말로 진실된 애국자로서 이 비밀, 이 음모를 캐치한 사람은 나 한 사람뿐일 것이다.

그러고 보면 이 정체를 폭로시킬 역할은 나를 두고는 할 사람이 없을 것이며 금후 선생님의 심경에 추醜한 촉수를 제지시킬 수 있는 사람도 나 하나뿐이 아닌가. 피치 못할 임무요, 운명이다.

이런 작전 계획 하에 신념을 가다듬고 경교장을 들어선 것은 오전 열한 시경이다. 분위기는 전날보다도 더 엉성하다.

'오늘은 일절 면회사절'이라고 접종接踵한 내방객을 물리치느라

비서들은 분주했다.

나는 일찍부터 무상으로 출입하던 터인지라 안내를 새삼스러이 청할 것도 없었지만, 일반 내방객을 물리치는 분위기를 돕기 위하여 '선생님 지금 안 계십니다?' 하고 예의를 차릴 수밖에 없었다.

비서는 나지막한 음성으로 자리를 권한다.

"잠깐 기다리십시오. 지금 선객이 계십니다."

'선객이라?' 누구인지 궁금하다.

"어떤 손님이신가요?"

"문산 헌병대 강 대위입니다."

강 대위…. 인사 교환은 아직 없었지만, 이 응접실에서 여러 번 지나치며 얼굴을 본 사람으로서 나와 같이 '비밀당원이나 아닌가?' 하고 가끔 만날 때마다 느껴지는 사람이다.

약 30분간 아래층 응접실에서 기다렸다. 강 대위와 교체하여 2층으로 올라갔다. 활짝 열린 창가 회전의자에 몸을 싣고 서안에 기대어 부채를 든 손으로 무슨 서류를 뒤적이고 계시다가 안내 없는 인기척에 약간 놀라시는 얼굴로서,

"너냐? 왜 왔느냐?"

"인사 여쭈러 왔습니다."

마루에 연이어 깔린 '다다미' 위에 꿇어앉았다.

"인사 오지 않겠다더니 또 왔어?"

"저어 지금 옹진 국사봉 전투에 우리 국군 창설 이래 처음으로 포병이 출동하게 되었사온데 그 제1진으로 저의 중대가 참가하게 되어 내일 떠나기로 명령을 받았습니다."

"아니 국사봉 전투가 그렇게 치열하냐?"

"네, 적의 작전이 지금까지의 모양과는 좀 다른가 봅니다. 대공對共 전투 참가라는 것은 저의 큰 숙원이었사오며 더욱이 포병대의 초진初陣에 참가케 된 데 대하여서는 무어라 말할 수 없이 기쁩니다. 목숨을 홍모鴻毛에 비기는 군인의 몸이오라 이번도 살아서 돌아오리라 어찌 단언할 수 있겠습니까. 그래서 마지막이 될는지 모를 선생님과의 대면의 기회를 얻기 위하여 인사드리려 왔습니다."

들으실 뿐, 대답이 없으시다. 지난 한때 같으시면 나의 등이라도 쓰다듬으시면서 '그렇지, 참 반갑다. 무운장구武運長久를 빈다'고 여러 가지 격려의 말씀이 계셨을 것은 물론, 무슨 과자 한 봉이라도 사다 놓고 장행회壯行會라도 하시려고 떠드셨을 선생님이 이렇게도 표변하시다니….

잠시 피차 말이 없었다, 나는 다시 말문을 열었다.

"선생님, 생사를 기약할 수 없는 길을 떠나는 이 마당에 임하여 꼭 선생님께 여쭈어 볼 말씀이 있습니다."

선생님은 먼 밖을 바라보는 자세대로 머리를 돌리시지도 않으신다.

"세상 이목이 귀찮다. 시끄럽다. 어서 가거라."

"선생님! 저는 의문과 이 번민을 풀지 못하오면 죽사와도 옳은 귀신이 못 될 것 같습니다. 선생님! 간절한 청이오니 이 몽매한 자식의 마지막 소원을 풀어 주실 수 없으십니까?"

"또 무엇이냐?" 하시면서 회전의자를 틀어 이쪽으로 얼굴을 돌리신다.

"상전이 벽해로 변할망정 선생님의 철석같이 굳으신 지조야 변할 리 있사오리까마는 저희들이 우매愚迷하와 선생님께 대한 여러 가지 풍설과 당의 행동에 있어서 불가사의한 점을 해명치 못하고 있습니다.

그 동안 여러 차례 선생님께 직소앙문直訴仰問코자 애썼사오나 좀처럼 기회를 얻지 못했고, 본시 이런 회의를 갖는 것부터가 성스러우신 선생님의 정신을 모독함일까 저어되어 감히 입 밖에 내지를 못하였습니다.

그러나 선생님으로서는 여기에 대하여 석연釋然히 그 내용을 밝히시어 저의 왜곡된 의심을 씻어 주심이 이런 혼란기에 처한 자제를 사랑하시는 길일까 하옵니다."

"그래 말해 봐."

다소 표정은 부드러워지셨으나 어조는 역시 거치시다.

"국회 소장파와 선생님 사이에 일찍부터 내통되어 있다는 것은 세상의 정평이요, 이번 그를 피검被檢 시 김약수를 선생님께서 숨기셨다는 억측까지 가지게 되었던 것이온데 선생님과 그들과의 관계는 정말 어떤 것입니까?"

"세상이 아무려면 어때? 또 공산당이라면 어때서?"

"그러시면 공통된 노선이란 말씀이십니까?"

"네 멋대로 해석하렴."

"선생님께서 남북협상 당시 서울을 떠나시며 무엇이라고 말씀하셨습니까? 그렇게 굳은 서약을 하시고서, 돌아오신 뒤에 왜 뚜렷이 대국大局의 전망과 선생님의 심경을 밝혀 말씀치 못하셨습니까? 무슨 숨은 사정이 계셨습니까?"

선생님은 적이 태연을 잃으신 안색이다.

"그래, 내 나라 내 땅을 갔다 온 것이 잘못이란 말이냐?"

"왜 모든 것을 국민 앞에 천명치 못하셨느냐는 말씀입니다."

"그래, 밤낮 반 쪼가리 땅에서만 살자는 말이냐?"

요령부득의 답변이시다.

"협상 다녀오신 후에 태도는 어떠하셨습니까? 미군의 철퇴를 주장하셨고, 미국의 원조를 거부하셨고, 유엔의 처사를 비방하시면서 급기야는 5.10선거까지 부인하신 것, 어떻게 그렇게 그 주장하심이 공산당과 꼭 같으십니까?"

"그러면 이놈! 내가 공산당의 사주를 받았단 말이냐?"

"전라도 방면을 순회하실 적에 정부를 부인하시고 미국을 침략자로 규정지으시며 이 박사를 사대주의자의 전형적인 존재로 매도하셨으니 공적인 국면도 국면이오나 그렇게도 국민 전체가 쌍벽으로 모시던 두 분의 교의가 끊겼다고 생각될 때에 온 겨레의 실망은 어떤 것이었는지 아십니까?"

"그래 이놈! 이것이 정부 구실을 한단 말이냐? 그리고 미국 놈이 무슨 전생에 은혜를 입었기에 그리도 고맙게 적선을 할 것이란 말인가? 대국을 좀 큰 눈으로 보아라."

"그리고 건국실천원양성소는 무엇하는 기관이며 혁신탐정사는 누구의 것이며 또 한독당의 소위 비밀당원 조직망이란 무슨 사명을 부여한 결사입니까? 한국 군대는 김구 씨의 군대라는 외인의 평론에 대하여 선생님은 무슨 말로써 반박하시렵니까?

선생님! 제게 8.15 기념일을 전후하여 중대한 지령이 있을지 모른다는 예비 명령은 무엇에 대한 준비입니까?"

나의 음성은 높을 대로 높았다. 선생님도 노기등등한 안색으로 안절부절하시면서 고함을 지르신다.

"무어야? 이놈 죽일 놈! 입이 달렸다고 함부로 지껄이는 거야?"

이제는 피차가 사리를 가릴 이지理知의 여유를 잃었다.

"여순반란은 누가 사주한 것입니까?"

"뭐야? 이놈!"

주먹으로 서안을 치신다.

"표 소령 강 소령과 기거를 같이한 놈은 어떤 놈입니까?"

"저런!"

책 뭉치가 날아온다. 얼굴에 맞았다.

나도 주먹을 부르쥐고 고함을 질렀다.

"송진우 씨는 누가 죽였습니까?"

벼루가 날아와서 머리를 스치고 뒷벽에 부딪친다.

"장덕수 씨는 누가 죽였습니까?"

"이놈! 너 이놈!"

붓(筆)이 날아오고 또 책이 날아오고 종이 뭉치가 날아오고….

나는 고개를 숙이고 잠깐 생각의 여유를 포착하려 했다. 무슨 말씀인지 기억은 없으나 선생님께서는 노후를 계속하시는 것이다.

'안 되겠다. 선생의 심기는 도저히 바꿀 수 없는 것이 되고 말았구나. 저 그늘 밑에 칩복蟄伏한 것들을 제거하려고 노력하는 것이 오히려 도로徒勞일 것이다. 그늘의 주체인 대목大木을 찍어 버리자. 그것이 비상시에 봉착한 국가 민족을 위하는 길이요, 백범 선생 장본인의 오명을 막는 길일 것이다. 하물며 폭풍을 잉태한 8.15 지령이 숨 가쁘게 때를 기다리는 아슬아슬한 찰나가 아닌가. 꺾어야 한다. 이때다.'

뒷 허리를 스친 나의 오른편 손에는 어느새 권총이 뽑혔다. 반사적으로 움직인 왼손은 날쌔게 총신을 감아쥐었다. 제끄덕! 장탄을 하면서 얼굴을 들었다. 앗! 선생께서는 그 거구를 일으켜 두 팔을 벌리고 성난 사자같이 엄습하여 오는 것이 아닌가. 눈을 감으며 방아쇠를 당겼다.

"영감과 나라와 바꿉시다."

고함인지 신음인지 나도 모르는 소리를 지르며….

빵! 빵! 빵! 유리 깨지는 소리. '으응' 하는 비명. 코를 찌르는 화약 냄새.

겨우 눈을 들었다. 선생님의 커다란 몸집은 사지를 늘어뜨리고 두부, 흉부로 피를 쏟으며 의자와 함께 모로 쓰러지신다. 무섭다. 나는 발을 옮기며 옆 마루 미닫이 뒤로 돌아섰다. 아현동 쪽으로 향한 서쪽 들창에 기대어 섰다. 광활한 푸른 하늘 저 편엔 하얀 구름이 뭉게뭉게 솟아오르고 있다.

하늘도 고요하고, 땅도 고요하고, 내 마음도 고요하다.

공허한 내 마음에는 '사람을 죽였다'는 쇼크로 좀처럼 일어나지 않는다.

일은 이미 돌이킬 수 없는 왕사往事라는 체념일까, 분명히 실신은 아니다.

'구애 없는 이 시간에 나마저 죽어 버릴까?'

총구를 오른편 이마에다 댔다.

'아니다. 죽을 때가 아니다. 지금 죽어서는 안 된다. 내가 말없이 이대로 죽으면 영원히 역적이 되고 말 것이다. 첫째, 겨레의 안녕과 국가의 질서를 위하여 이 가공할 복마전의 정체를 폭로하여야 할 것이고, 후대 자손을 위하여 참된 이 단심을 밝혀 두어야 할 것이다.

아무 때라도 죽을 목숨이니 조용히 법의 재단裁斷 밑에 선생님의 뒤를 따르리라.'

따로 죽음의 시간을 택하기로 하고 총을 내렸다.

'이제 나는 죄수다. 군장軍葬을 더럽힐 필요가 없다.'

포병 배지와 소위 계급장을 떼어 마룻바닥에 버리고 권총을 손에 든 채 층층대를 한 계단 한 계단 내려딛었다.

아래층 응접실에서는 아직도 세상을 모르고 잡담을 하고 있는데 정문(大門)에서 파수 보던 순경이 총소리를 들었는지 두세 명이 제각기 카빈총을 내밀고 응접실 앞으로 뛰어 들어오면서 당황한 태도로 "지금 2층에서 무슨 총소리야! 손들어! 손들어!" 하고 떠든다.

비서들은 무슨 영문인지 몰라 머엉 하니 서 있을 뿐이다.

나는 들고 내려온 권총을 '소파' 위에 놓고 조용히 두 손을 들었다.

"지금 내가 선생님을 쏘았소. 지금 선생님은 나의 총에 돌아가셨소."

"뭐? 선생님을? 이놈 죽여라!"

카빈 개머리판이 날아들고 책상다리가 날아든다. '죽여라!', '없애라!' 주위의 사람들이 닥치는 대로 들어치는 판이다. 정신이 혼미해진다.

"죽이지는 말아라. 죽여서는 안 된다."

가물가물 들리는 목소리. 누구의 말인지….

지금까지 움직인 이 붓은 수개월의 시간을 더듬었고 무한계의 세계를 거래하였건만 기록이 끝나고 보니 현실은 현실 그대로 아직도 6월 30일 그날이요, 불과 수립방미數立方米의 옥방우주獄房宇宙 그대로다.

7월 1일(금요일) 맑음

어제 하루 쉰 취조는 다시금 시작되었다.

취조란 내게는 여간한 고역이 아니다. 사건의 전모는 심문 첫
날 모두 설파했고 그 후 중요한 부분의 설명도 알아들으리만치
부연하였으니 그만하였으면 죄상의 경중과 사리의 흑백도 판정
되련만, 물은 말을 다시 묻고 캔 자리를 다시 캐는 데는 지치지
않을 수 없다. 공범자나 있다면 복잡도 하겠지만 무엇이 그리 다
기多岐하단 말인가. 이 고역도 속죄에 속하는 한 가지의 벌역罰
役이라면 감수할 수밖에 없는 일이지만, 나는 이미 사형을 각오
한 몸인지라 죽을 때까지 내 세계, 사색의 세계를 허용하여 주었
으면 좋겠다.

짜증을 내봤자 할 수 없는 일이므로 충실해야 할 일과라고 관
념觀念하고 나의 기분도 달랠 뿐만 아니라 취조관의 수고도 헤아
려 요령 있고 간명하게 기교技巧를 다했다. 말하자면 취조에 대한
기술을 연마하는 셈이다. 차차 취조관과 나와 호흡이 맞아 가는
탓인지 쌍방의 문답에 그리 심각한 저어함이 없이 조서의 부피
는 거의 일정한 템포로 늘어가는 것이다.

영어의 몸이건만, 군의관과도 점점 가까워져 가고 감시병과도
정이 통하여 가며 특히 취조관과의 사이는 공적 용무가 끝나면

농담도 교환하리만치 친근하여졌다. 이것도 인간의 본능인 개척 의욕이라고 할까. 이런 단조로운 생활 속에서도, 분위기의 조성이 기꺼울 적엔….

헌병사령부의 모 고급 장교와 취조관 R소위가 와서 김학규에 대한 증인심문을 하고 갔다. 김학규는 헌병사령부에 검속된 것인가?

무더운 저녁이다. 감방 안은 찌는 듯하다. 벼룩과 모기의 도량跳梁도 어지간하다.

감시병의 호의로 앞뒤 창문을 활짝 열어젖혔다.

검푸른 하늘에 반짝이는 별빛은 유난히도 신비롭다.

이북 산천도 저 하늘 밑에 어두움에 싸여 있겠지. 나를 키우던 옛집 위에도 시냇가에도 바위 위에도 저 별빛이 비추고 있겠지….

모기쑥 연기 서리는 처마 밑 침상 위에 누나와 나란히 누워 은하수를 쳐다보며 할머니의 견우직녀 이야기를 재미나게 듣던 그 옛집에는 지금 어느 누가 살고 있을까.

배꽃도 봄마다 피었겠지. 앵두도 해마다 붉었겠지. 요즘은 살구도 익었을 거다. 죄 없고 고민 모르는 천진난만한 어린 시절의 추억만을 간직한 내 고향 옛 터전. 산도 아름답고, 물도 다름다웠다.

봄이면 꾀꼬리, 여름이면 뻐꾹새, 가을이면 접동새, 겨울이면 부엉새.

눈 녹으면 개나리, 한식 지나면 진달래, 파일(八日) 때면 두봉화杜蜂花(겹꽃잎철쭉), 여름철엔 도라지, 가을이 되면 들국화.

새도 가지가지 살았고, 꽃도 가지가지 피었다. 호박꽃 피면 풋병아리가 울고, 코스모스가 만발하면 귀뚜라미가 운다.

쌀이 나면 백옥 빛이요, 참외가 나면 꿀맛이다. 머루 다래인들 없겠으며, 잉어 뱀장어인들 없었으랴.

─반도호텔 방면으로부터인지 재즈음악이 들려온다─

우리 고향은 이런 곳이 아니다. 달 밝은 밤이면 단소 소리요, 눈보라 치는 밤이면 먼 마을 개 짖는 소리다.

38선에 막힌 지도 어언간 5년. 세월은 가고 사람은 늙는다. 금년 못 가면 명년에 가지. 일 년 이태에 못 가면 10년 20년 후에라도 좋다. 38선 열린 때엔 단 한 번 만이라도 늙은 몸 어린 마음으로 찾아가고 싶은 내 고향. 이제는 못 가 보고 저 세상으로 가게 되었단 말인가.

공산당 놈들이 논밭은 다 탕을 치면서도 묘지는 범치 않았다 하니 단오며 추석에 할머니 손에 매달려 다녀오던 그 선산은 아직 남아 있으련만, 해마다 우거지는 잡초를 장차 그 누가 베어 주리. 이제는 영영 무명의 고총古冢들이 되고 말 것이 아닌가.

향수 속에 밤은 깊었다. 통행금지 시간이 된 지도 오랬는지 자동차 왕래하는 소리도 드물어졌다.

희미한 전등불 밑에 애달픈 향수는 다시금 꿈길로….

7월 2일(토요일) 맑음

매일같이 꼭 같은 고역이 나를 기다리고 있다.

산더미같이 조서는 부풀어 간다.

취조 받는 사람은 하나인데 취조관은 여러 사람이 교체된다.

최조관 R소위는 국회 소장파 문제를 내걸면서 새로운 뉴스를 전한다.

검거된 김약수, 노일환 등 의원 7명은 남로당 프락치인 것이 드러났으며 범죄 사실을 목하 추궁중인데 불원 송청기소送廳起訴될 것이라 한다.

쾌재라. 억측이 아니었다. 나의 판단은 적중하였다. 양심 있는 겨레들은 발을 굴러가며 그 마각의 폭로를 얼마나 외쳤던가. 언론의 자유를 방패로 정부를 중상하고 유엔을 비방하고 미국을 모함하고 공산당을 찬양하며 지각없는 기분파, 소위 소장 그룹 40명을 휘동구사揮動驅使 하면서 끝내 국회를 천단擅斷(멋대로 파괴)하려고 발악적인 전술을 감행하여 왔던 것이 아닌가.

범죄 사실이 아직 7명의 범위 안에 있고 소장파 전원에 확대 파급되지 않았다 하니 선거를 감시하여 준 유엔에 대한 국가의 위신을 위하여 적이 다행스러운 일이기는 하나 이에 사주당한 나머지 소장 제군이여, 지금 와서 군君들의 심경을 말하여 보라. 동양 평화의 교두보로서 세계 민주 우방의 각광을 받은 이 땅에서 전운이 걷히기 전에 미군은 왜 갔는가. 멸공전의 선봉군으로 인방隣邦의 기대를 한 몸에 짊어진 우리 국군에 대하여 입안되었던 원조 계획은 왜 좌절되었는가? 군들이여! 그래 이로써 평화적인 통일을 이룩할 줄 알았던가? 호시탐탐 38선을 노리고 있는 공산군의 군비가 이와 반비례로 확장되어 감은 무엇인가?

군들은 모략인 줄 모르고서 부화하였으며 파괴인 줄 모르고서 뇌동하였는가.

우리나라는 민주국이니만치 국운을 발전시키고 정부를 육성시키기 위한 장내투쟁檣內鬪爭이라면 좋다.

그러나 군들의 이념은 이것이었던가? 조용히 반성해 보라. 정부의 위신을 국제적으로 매장시키고 국가의 신망을 세계적으로 실추시키려 든 것이 군들의 작전, 그것이 아니고 무엇인가. 그리하여 백범 선생의 눈을 가려 놓고 끝내는 주검의 함정으로 차 넣은 것이 군들이 아니고 누구인가.

선생을 죽인 주범은 나다. 그러나 본 사건의 긴 도화선에 점화한 것은 누구냐. 군들이 그 중 한 사람이 아닐까.

국회의 충치를 뽑았으니 국가 전신의 시달림도 이로써 제거되리라. 내 마음의 체기滯氣도 가라앉는 것 같다.

생각하면 선생님의 비위를 거스른 질문 중에는 한독당 자체의 이야기보다 늘 이 소장파 문제가 앞서곤 했다.

범행 당시 공격의 첫 화살도 이 문제가 아니었던가.

오늘은 더욱 순조롭게 그리고 단시간 내에 취조를 끝냈으나 몸은 그래도 피곤하다.

초저녁에 일직사관인 R소위가 영창 앞을 지나다가 들어왔다. 나의 구걸대로 우선 담배를 주면서 "무더워라. 나하고 둘이서 냉수욕이나 한 번 할까?" 하고 묻는다.

참말 고마운 서비스다. 그렇지 않아도 입창 이래의 속셔츠는 땀내가 고약하고 끈적대는 전신의 피부는 내 살 같지 않다.

R소위의 뒤를 따라 지하실 욕탕으로 내려갔다. 등 뒤에서 감시병이 나의 절름거리는 꼴을 보고 깔깔댄다. 아직도 다리의 타박상은 층층대를 오르내리기에 좀 무리다. 옷을 벗고 보니 전신은 구렁이같이 어룽어룽하게 멍이 들었다.

목욕을 하고 나니 하늘로 날아오를 것 같다. 기분인지 지금까지 그렇게 무덥던 감방 공기도 한결 가벼워진 것 같다.

노일환, 김약수 등은 지금 무엇을 생각하고 있으며 남로당 괴수들은 지금 어느 아지트에서 무엇을 획책하고 있을까?

명분으로는 국회의원이요, 기세로는 소장파라고 방약무인의 태態로 날뛸 적엔 안타깝게도 천망天網이 회회恢恢만 한 것 같더니(하늘의 그물이 성근 것만 같더니) 드디어 사직司直의 손에서 단죄를 기다리는 날이 왔구나.

선생님도 이들이 공산당의 프락치인 줄 감지하셨을까?

'아니다. 피상적인 관점에서 이에 공명하였음일망정, 세평처럼 사상적인 내통까지는 없었으리라.'

범행 당시에 굳은 단정을 내렸을진대 참회에 가까운 이 심정의 모순은 도대체 무엇이냐. 나는 벌써 죽음을 면하려는 비겁한 동물적인 사심邪心이 싹트는 것은 아닌가.

어지러워지는 마음을 걷잡기 위하여 몸을 뒤치고 담배를 피워 물었다.

서울역 방면일까? 기다랗게 기적소리가 들려온다.

7월 3일(일요일) 맑음

　감시병이 '오늘은 외출한다'고 아침부터 서둘더니 난데없는 초면의 감시병과 교체해 버렸다. 감시병이란 원래가 그런 법인지 들어오자마자 귀찮은 얼굴로 대하여 준다. 그렇다고 구애받을 것은 없지만 열없다.

　감시병은 묻지 않은 혼잣말로 '모레(5일)는 김구 선생 장례식' 하고 중얼거리며 무슨 플랜을 세우는 모양이다.

　'5일이 장례식?'

　마음이 뭉클한다. 나도 모를 강렬한 충동이다.

　오늘은 일요일이다. 취조도 없다. 내가 구속된 지 오늘로서 일주일이다. 선생님 가신 지 벌써 만 7일. 이틀 밤을 더 자면 선생님의 육신마저 불귀의 길을 떠나시는가.

　온 평생을 조국과 민족을 위하여 바쳐 오신 선생님. 무서운 왜적의 총검에도 굴치 않으셨고 거친 타국 땅에서도 상치 않으신 불사신이시던 몸이 이제 광복된 모국에 돌아오셔서 동족의 손에 죽으시다니. 그것도 적 아닌 제자, 총애에 감격의 눈물을 흘리던 자식, 이 두희의 손에 돌아가셨다니.

　'본시 와석종신臥席終身을 바라지 않으셨을 몸이시라 태양이 몰하실 때 어찌 낙조 없으리까마는 선생님의 뿌리신 붉은 핏빛

강산에도 물들었고 겨레의 마음에도 물들었고 시역, 이 두희의 눈물에도 물들었나이다.'

생각하면 참으로 서글픈 인연이요, 뼈저린 숙명이다. 나만치 앙모하고 나만치 숭배한 이도 드물 것이요, 나만치 사랑받고 나만치 귀여움 받은 이도 쉽지 않았을 것이다. 한때 경교장 사람들은 그 극진하신 총애를 지나치시다 생각했고 심지어는 질시에 가까운 눈으로 보는 듯하였다.

그럴수록 나는 온 세상을 얻는 것 같았다. 선생님께서 친히 족자를 써 주실 적에 천래天來의 보물을 얻은 듯 황홀했고 울고 싶으리만치 반가웠다. 또 내가 포탄각(포탄피)으로 만든 화병을 드릴 적에 선생님은 얼마나 기뻐하셨던가. 참으로 끝없이 행복했었다. 가정에까지도 훈풍이 불었다. 이날 저녁 집에 돌아가서 냉면까지 한 턱 썼다. 영문 모르는 처는 전에 없는 '별일'이라고 놀려대기까지 하였다. 내가 선생님을 만나는 것은 친우도 모르고 가족도 모른다. 나 혼자만이 독차지한 환희의 세계다. 그러나 그렇게 짧을 줄이야 알았으랴.

이것이 숙명일까. 말기에 선생님께서 나를 이상히 대하시지 마시고 내 말을 저작齟嚼하시면서(곱씹으시면서) 선후를 가리어 타일러 주셨던들 오늘의 비극은 없었을 것을. 한때 베풀어 주시던 애정의 백분의 한 조각만치라도 던져 주셨던들 회의懷疑를 충분히 풀 수도 있었으련만….

꿈에 할머니를 만나 뵈었다. 그렇게도 인자하시던 할머니가 왜 이렇게도 냉랭하실까.

7월 4일 (월요일) 맑음

헌병 장교가 김학규에 대한 심문서철을 가지고 와서 짧은 시간에 증인심문을 하고 갔다. 군의관도 다녀갔다.

어제 외출했던 B하사와 R하사가 돌아왔다. 캐러멜과 담배 한 갑을 몰래 준다. 고맙다.

취조는 열한 시경에 시작했는데 잠시 후에 내일 계속하기로 하고 중단해 버렸다.

몇 날 전부터 간청해 온 옥중일기의 집필이 정식으로 허가되었다. 오후 다섯 시경까지 지난 수일간의 일기를 정리하느라고 바빴다.

저녁식사 후에 어제 외출했던 감시병 두 사람과 정좌하여 잡담이 벌어졌다. 가두에서 취재한 구두신문口頭新聞을 펼쳐 놓는 것이다. 기대한 바대로 내 사건의 뉴스다.

그들은 아직도 내가 누구인지 모르고 있다. 다만 중범죄인인 줄은 짐작하나 취조관이며 여러 출입하는 장교들이 대하여 주는 언어 태도로 보아 무슨 적색 피의자는 아닌 줄 아는 모양이다. 온정으로 나오는 것도 이 때문인 것 같다.

그들이 내 신분을 알아내려고 애쓰는 눈치는 챘으나 나 역시 취조관의 의도를 받들어 자연히 알아지는 날까지 밝히지 않기로 했다. 그러므로 그들로서는 안두희 아닌 제3자 앞에서의 이야기다.

그들은 범인의 성분, 경력, 가정 상황, 교양 정도를 샅샅이 알고 있다.

'—이번 사건은 어떠한 정치성에 결부된 것은 아니라는 것이 세간의 주론主論이나 그 해석은 구구하며 신문인(언론인)의 견해도 불일치하다. 군이나 경찰은 범인을 동정하는 경향이나, 욕하는 사람도 많다.

—범인은 두뇌가 명석한 사람이며, 정치에 밝고, 부하를 사랑하며, 가정은 연애결혼이며, 생활은 청빈하며, 교우에 덕화德化가 있고…'

상세하기도 하다. 신문도 이 이상 더 자세할 것 같진 않다. 나는 알아차릴까 봐 표정을 조심하여 가며 말의 흥미에 부채질을 했다.

'—선생의 비보가 전해지자 세상은 아연실색했다. 거리는 소연騷然하여지며 처처에 곡성이 터졌으며 경교장 부근 일대는 방성통곡하는 남녀노소로 파묻혀 교통도 차단될 지경이었다.

신문은 연일 이 기사로 대부분의 지면을 제공했고 라디오로도 보도됐다. 이북 라디오도 보도한 바 있다'고 한다.

그러나 화제가 바뀔까 봐 나는 열심히 말하는 사람의 신을 북돋우며 이야기를 사건의 핵심으로 유인하기 위해 애썼다.

'―사건의 경위는 종합적인 발표가 없어 뚜렷이는 모르나, 형벌은 사형일 것이라는 것이 대다수의 관측이요, 무기징역일 것이라는 론論(설)도 있다.
―장례는 국민장이다.'

뉴스는 이런 잡보 정도의 것이요, 정치적인 면은 백지다. 그들의 지식 수준으로서는 내용을 캐치하고 싶은 흥미도 갖지 못할 것이다.

'―범인을 미워하는 격분한 청년들은 범인 가족의 몰살을 도모하고 있다는 풍설도 떠돌고 있다.'

이야기가 끝난 뒤에 나는 들은 뉴스를 골자 삼아 이리저리 살을 붙여 생각해 보았다.
나는 많은 사람을 울렸다. 열, 백 사람이 아니요, 수천만 사람을 울렸다. 국부를 죽였고, 스승을 죽였고, 내부乃父를, 죽였다.

옛 법 같으면 삼족을 멸하고도 남으랴만. 가족이야 무슨 죄랴.
아내는 지금 무엇을 하고 있을까? 애들은….

7월 5일(화요일) 맑음

눈이 부었다. 여러 날 만에 세수를 했다. 이곳 장교들도 대부분이 선생님의 장례식에 나간 모양인지 아침부터 사병들이 제멋대로 떠드는 품으로 보아 사무실이 빈 것으로 짐작된다.

사무실 한구석으로부터 애조 띤 아나운서 목소리가 들려온다. 장례식장에서의 중계방송인 것 같다. 음조만은 뚜렷하나 말은 똑똑히 분간하기 어렵다.

숙연된 음성과 단장의 애곡은 번갈아 계속된다.

나도 모르게 엎드렸다. 터져 나오는 울음을 참을 수가 없다.

'오오, 선생님. 가시나이까. 육신마저 떠나시나이까. 두희 아직 죽지 못하옵고 멀리 영령을 향하여 옥방에 엎드렸나이다. 시역의 대죄 지하에 가온들 어찌 존안을 우러러 뵈오리까마는 죄는 죄로 돌리옵고 옛 정에 마음껏 울게 하여 주시옵소서.

38선 무너지는 것을 내내 보시지 못하옵고 어떻게 가시나이까. 울부짖는 불쌍한 겨레를 뿌리치시고 어디로 가시나이까.

허무하오이다. 총검을 무섭다 아니 하시옵고, 풍우를 괴롭다 아니 하시옵고, 기한飢寒을 서럽다 아니 하시옵던 불사신인 줄 믿었던 선생님이 이렇게도 쉬이 가실 법이 있사오리까.

반 조각 땅 좁사오니 들인들 넓사오며 뫼인들 크오리까. 크신

상여 어느 길로 인도하오며 크신 몸 어느 봉에 모시오리까.

선생님, 아무래도 가셔야겠나이까. 흥망이 수數가 있고 생사 또한 시時가 있다 하오나 아무리 바쁘시온들 자식의 총을 비셨나이까.

수개월 동안 가까이 모신 인연 야속하오며, 남달리 베푸신 사랑…. 창자가 끊기나이다.

아무리 유명幽明의 세계가 다르다 하온들 남기신 강산, 이리도 공허하오리까.'

몸 아픈 것도 잊어버리고 점심때까지 엎드려 울었다.

멀리서 악대의 장송곡 소리가 꿈같이 들려온다. 자동차 소리도 드물어졌다. 행렬이 가까워 오나보다.

악대 소리는 점점 커졌다. 이에 앞서 확성기를 통한 목소리가 지나간다.

"오오, 선생이시여, 가시나이까. 통일 성업을 이룩 못 하신 채 이 강산 이 겨레를 뒤에 두고 떠나시나이까."

행렬의 선구차인 모양이다. 도가대悼歌隊인지 수많은 남녀의 구슬픈 합창소리도 들린다. 흐르는 눈물은 걷잡을 사이가 없다. 나는 주위를 잊어버리고 목메어 울었다. 감시병도 침통한 표정으로 머언 하늘만 바라보고 말없이 앉아 있다.

행렬의 광경이 눈앞에 보이는 듯, 연도에 도열한 시민들의 명인嗚咽(흐느낌)도 귀에 들리는 듯….

장송곡 소리는 천천히 멀어 간다.

운구가 효창공원에 닿았으리라고 짐작되는 시각. 사무실 라디오는 다시 울리기 시작한다. 하관식 광경의 중계이겠지.

R중위가 땀을 흘리며 들어왔다. '행렬 도중에서 돌아오는 길'이라고 한다. 서울운동장의 영결식 광경이며 행렬 연도의 실황을 눈으로 보는 듯이 설명을 들었다.

오늘로서 백범 김구 선생은 육체마저 딴 세상으로 장서長逝하시었다.

슬픔과 불면에 지친 상주 김신 씨 부처의 지면 없는 얼굴이 아는 듯이 안두에 왕래한다. 강산도 지쳤는지 오늘밤은 초저녁부터 고요하다.

7월 6일(수요일) 맑음

어제 종일 상실한 여독이 아직 풀리지 않았음인지 머리가 무겁다. 오늘만은 좀 쉬었으면 하였는데 사정없이 최조실로 불리어 갔다.

공교롭게도 오늘의 취조 골자는 저격 장면의 상황이었기 때문에 더욱 괴로웠다. 그러나 이것이 내게 대한 '영령의 꾸짖음'이요, '정신의 벌'이라 여기고 엄숙한 태도로 심문에 응대했다.

검찰 당국에서는 현장에서 선생님과 나와의 대담에 소비된 시간의 장단長短이 문제가 된 모양이다. 범행 2일 후인가 군·경·법 세 기관 대표 임석 하에 실증한 레코드 실험에 정점을 둔 눈치로서 내가 경교장 2층에 올라갈 때에 들은 방송국 레코드 '해방된 역마차'에 관하여 또 확인을 구하는 것이다.

내 자신의 관견管見으로서는 그리 중요시되지 않는 이 시간 문제를 가지고 힐문詰問을 거듭하여 내 진술인 30분 소비론은 전연 무시되고 그들 간에는 10분간 심지어는 3분 내지 4분간론論까지 대두되었다가 나의 제청에 의한 당시 대화 전부(물론 세밀하지는 못하였지만)의 시간을 토키(talkie) 식으로 계산하여 본 뒤에야 비로소 일단락을 지었다.

취조는 매사가 이렇듯 까다로운 형식과 과학적인 방식에 의하여 진행되는 것이다. 그러면서도 오늘의 분위기는 그리 부드럽지 못하다. 휴식 시간도 5분, 길어야 10분밖에 들어 주지 않았다.

사회 여론은 물론, 항간 잡언雜言도 일절 들려주지 않고 묻지 않은 '금년은 가물이 계속되어 농황이 말이 아니다'는 엉뚱한 이야기로 호도해 버리는 것이었다.

저녁에는 냉수욕이 허락되나 욕장까지 감시병이 따라붙는 데는 질색이다. 덕택에 감시병과는 매우 친밀하여져서 그들의 연애 비화까지 들을 수 있게 되었다.

감시병들과의 한담 속에서 이런 말을 들었다.

"이삼일 전부터 누구와의 면회를 청하려는지 매일같이 찾아오는 부인 한 사람이 있는데 용모가 놀랄 만치 예쁘더라. 사연은 알 수 없으나 울고 있는 모양이 보기에도 가련해…."

심상치 않아서 꼬치꼬치 캐물었다. 종합해 본 인상이 내 처에 틀림이 없다. 어제는 서너 살 가량의 어린애까지 데리고 와서 두세 시간을 뙤약볕에서 기다리다 갔다는 것이다.

마음이 산란하다. 욕된 심정이라 가족 생각이 좀처럼 가라앉지 않는다.

비상경계라는 소동에 잠이 깼다. 새벽 3시. 무슨 일이 난 것이 아니고 병사들 훈련시키는 일직사관의 발령이었다.

7월 8일(금요일) 맑음

어제에 이어 오늘도 취조는 계속되었다. 시간이 거듭할수록 취조관은 엄하여 가고 심문은 준열하여 간다. 당치 않은 추궁에 지쳤을 때에는 역정으로 응수하다가도 다른 연루자와의 대조심사가 있기 때문에 방심할 수도 없는 일이다.

김학규, 홍종만 등은 자기들이 살기 위하여 나를 해칠 수밖에 없는 숙명적인 존재이기는 하나 이렇게 뱃심을 부릴 줄은 몰랐다. 이들의 증언은 거의 모두가 사실을 왜곡한 허위 진술이다. 그래도 홍은 다소 양심적인 데가 있으나 김은 참으로 언어도단이다.

이렇게 쌍방이 들어맞지 않는 대조 심사이기 때문에 시간도 허비되고 언사도 순탄치 못했다. 인격도 천대되고 위신도 짓밟혔다. 때로는 취조관으로부터 과대망상증이라는 조롱까지 받았으니 비록 죄인이기는 할망정 기막힌 굴욕이 아니고 무엇인가.

그러나 목전에 당하는 굴욕감의 울분보다 사실을 올바르게 밝혀야 할 책무가 크기 때문에 모든 것을 극복하고 끝까지 싸우는 것이다.

죽음의 배수진을 쳤으니 무엇이 두려우랴만 취조관과의 갈등은 더욱 심각하여졌다. 취조관은 능강능유能剛能柔한 책사이며 세련된 수완의 소유자이다. 때로는 위협도 하고, 때로는 달래기도 하며, 더울 줄도 알고 찰 줄도 아는 사람이다.

추궁을 전개할 적에는 신랄하기 짝이 없다. 심할 때에는 마치 회의懷疑의 권화權化같이 보이다가도 어떤 고비를 넘으면 따뜻이 우정도 표시하며 협조도 애걸한다.

그러나 대체로 보아 동정적인 이해를 가지고 대하는 것이 분명하다. 어떤 반증신문 때 '사형을 각오하고 자수한 사람과 체포에 의하여 심문 받는 사람과의 진술은 각각 채택의 가치를 달리하여 재량할 것이다'라는 동정적인 전제를 붙일 적도 있다. 또 '자기와 연루자를 취조하는 취조관은 별개의 인물이며 담당 기관도 각각 다르다'는 지식을 주기도 하였다.

취조관 개인도 그 인간적인 의욕에서 이런 역사적인 사건의 담당 처리에 임하여 새로운 프라이드를 느끼게도 될 것이다.

이러한 조사관 앞에서 어제 오늘 꼬박 열다섯 시간이나 시달리고 나니 눈앞이 어지럽고 사지가 늘어지지 않을 수 없다.

오늘로서 심문은 일단 끝났다. 생각하면 그 동안 10여 일을 두고 몇 십 시간에 걸쳐 치른 고역은 실로 취조관과 나와의 대결, 피를 뿜는 치열한 싸움 그것이었다. 나는 나대로 주장을 꺾지 않았고, 그이는 그이대로 추궁을 늦추지 않았다.

그이는 회의懷疑의 공격전을 전개했고, 나는 신념의 진지를 사수했다. 내가 만약 이 진지를 버리고 퇴각하였으면 일보도 물러

서기 전에 김학규 등이 파놓은 불의에 함정에 빠졌을 것이다.

여기에 내가 이 진지를 사수한 것은 결코 각오한 바의 사형을 면하려 함도 아니요, 버린 바의 명예를 주우려 함도 아니다. 다만 국가와 민족의 위해를 덜기 위하여 악당들의 흉계 음모를 사실 그대로 적나라하게 밝히고 가려는 것뿐이다.

그럼에도 불구하고 취조관은 공박의 손을 늦추지 않고 이런 폭언까지 가하여 왔던 것이다.

"안 소위는 이미 생에 대한 애착을 포기하였다 하여 조사가 끝나는 대로 사형을 집행하여 달라고까지 하면서 어찌하여 자기의 변명만을 내세우면서 취조를 지연시키는가. 아무리 자기 손으로 살해했다 하더라도 존경하여 온 국부요 숭배해 온 혁명 지사이며 이제는 고인이 된 그이를 무고하여 죄를 입혀 가지고 성스러운 영령까지 더럽히려 함은 무엇인가. 또 당 간부들을 모해하고 당략黨略을 중상하여 세상을 현혹케 하며 사건을 오리무중으로 몰아넣으려는 것은 또 무엇인가. 이것은 모두가 자기의 범행에 대하여 타당성을 부여하려는 궤변에 지나지 못하는 것이 아닌가."

물론 제3자로서는 그렇게 생각되리라.

나의 진술을 거듭 청취한 취조관으로서도 아직 이것을 추궁하고 싶어 할진데 하물며 항간의 여론이야 오죽하랴.

'생전 사후를 일관하여 그렇게도 숭모하노라던 선생님을, 이미 고인이 된 이 마당에서 죄인을 만들려는 것은 무슨 모순이냐, 범행 당시의 동기와 심경은 여하했던 간에 무언의 고인에게 죄를 입혀 가지고 자기의 범행을 정당화시키려 함과 동시에 벌의 경감을 바라는 것이 아닐까. 이로 미루어 범인의 결사란 말뿐이요, 기실은 생을 애걸하는 것뿐이 아니고 무엇이냐'라고 규정되었을는지도 모른다.

참으로 마음이 아프다. 천지신명께 호소하고 싶다. 이 목숨은 그날 선생님을 보내기 전 시간에 이미 버린 것이다.

경모하는 선생님을 자수自手로 시역할 때의 그 고민, 범인 아닌 지위에 계신 분에게 총을 견주던(겨누던) 때의 그 각오, 아는 사람만은 알아주리. 나는 알면서도 이 기괴한 운명을 피할 길이 없었던 것이다.

온 겨레의 자부慈父로서 경모 받던 덕망도 덕망이려니와 암전暗轉하는 무대 위에서 새로운 각광을 받던 정치적인 존재, 세상이 그렇게 떠들면서도 털끝 하나 건드려 보지 못하는 오늘의 김구 선생을 살해하고 감히 생명을 보존할 수 있을 것인가. 내 아무리 무모하여도 그런 치한은 아니다.

즉석에서 자살하였다면 오늘의 이 남은 고통은 없으리라. 취조관에게도 여러 차례 말한 대로 내 범행의 목적이란 선생의 목숨을 끊는 데 있는 것이 아니었기 때문이다.

건드리려야 건드릴 수 없는 불가침의 거목. 이 백범이라는 우거진 나무를 베어 넘김으로써 한독당이라는 울타리를 허물어 버리고 그 나무 그늘 아래서 준동하는 요마妖魔들을 없애 버릴 수 있었기 때문이다. 요컨대는 목적이 나무를 찍는 데 있는 것이 아니고 요마들을 소탕하는 데 있었던 것이다.

이리하여 국보國寶인 거목 한 그루는 아깝게도 없어졌지만 벌목의 죄인 이 미천한 초부樵夫의 결사적인 작업에 의하여 요마들의 음모에서 양성 중이던 국가와 민족의 위해를 사전에 제거했고, 또 비밀당원이라는 요술망에 걸려서 역적이 될 번한 수많은 청년들을 사지에서 건진 것이 아닌가.

법에 사私가 없으니 초부는 죽을 것이다. 애당초 죽기로 했다. 그러나 그저 죽어서는 안 된다. "요마妖魔들아!" 소리를 지르면서 그 놈들의 인가면人假面을 벗기고 나서야 죽을 것이다.

이렇듯이 취조관과의 무서운 혈투를 전개하면서 시종일관 내 고집을 내세웠음에도 이 내 미래의 목적, 종생終生의 사명을 수행하려는 소이인 것이다.

어찌 당 노선을 비판하여 음모를 폭로하며 간부들 죄상을 지적하는 것이 나의 생명을 보존하려는 것이 될까. 전후 당착도 유분수이지 나는 이것을 들어내기 위하여 목숨을 먼저 내건 것이며, 또 이것을 확증시키기 위하여 눈물을 머금고 할 수 없이 고인을 논거論據하게까지 되었던 것이다.

나는 취조관이나 입회 법무관에게도 밝혀 말했다.

나의 진술은 내 죄를 재정하는 데 자료가 되기를 바라는 것이 아니요, 다만 사실이 사실대로 세상에 공표되어 혼란한 이 사회, 위기에 선 이 국가에 울려지는 경종이 되기를 희구하는 것뿐이다. 시국이 비상하면 비상할수록 더욱 그렇다.

대전大戰 후 격동하는 전환기의 탁류에 휩쓸려 내로라하는 강대국도 허덕이거늘 하물며 광복 미기未幾의 연골軟骨인 우리로서 풍한風寒에 세심치 않을 수 있으랴.

내가 주검을 각오한 용기도 여기 있는 것이며 장차 내 주검의 가치도 여기에서 살려질 것이다.

원래 우리 민족은 파당을 좋아하는 민족이었던가? 먼 기록은 차치하고라도 가까운 사실 이조李朝의 사색당쟁이 얼마나 쓰라리고 아팠던 것을 뼈저리게 느끼건만….

8.15 해방 직후 정면의 적 공산당과 대치하면서도 그 후방에는 무엇이 움트기 시작하였던고. 번민기에 있는 열혈 청년들이 얼마나 유위 무위한 암투의 제물이 되었던고. 지도자들은 왜 이리 혼미하였던고. 내가 군인이 된 소이도 이런 민념憫念에서 벗어나기 위함이었다.

결국 내 운명도 여기에 부닥치고 말았지만 아직도 이런 번민에 허덕이는 청년이 얼마나 많을 것이며 이런 사려思慮에 잠긴 정치가가 얼마나 될 것인가. 나는 지금까지 이런 유類의 의견을 주고받은 적이 한두 번이 아니었다.

2대 사조(자유주의대 공산주의)의 세계관적인 분야에서 고달픈 시련을 받고 있는 민족이 한둘이 아니기는 하겠지만, 그 중에서도 대한민국 같은 정세는 유례가 드물 것이다.

이번 나의 사건도 어찌 돌발적인 일이며 의외의 것이랴.

나는 작년 어느 때인가 남한의 정계 사조를 논평한 책을 읽은 일이 있다. 한민당韓民黨 어느 간부의 저서라고 기억되는데, 민주 진영 내에는 벌써 국내파 해외파로 분류되어 그 심각한 대립은 바야흐로 치열한 암투를 전개하고 있다고 논단한 것이었다.

당시 나는 한독당과도 아무 관련이 없었고 김구 선생과도 아직 지면知面치 못하였을 때라 이것은 흔히 보는 정치평론가들의 관견일 것이라는 상식 문제로 흘려보냈던 것 같다.

그 저서의 논지는 해방 후 3년간의 국내 정세를 해부한 것으로서 인물로는 여운형呂運亨, 송진우宋鎭禹, 김규식金奎植, 김구金九, 이승만李承晩 제씨를 주로 하여 반탁운동, 좌우합작문제, 입법의원문제, 미소공위문제, 남북협상문제 등을 국제 정세에 반영시켜서 논평하였고, 정계 요인의 암살 사건 등을 조상俎上(도마 위)에 올려 심각하고 대담하게 모 요인 등을 규탄하기도 하였으며, 말미에 가서는 좌우익 문제와는 따로 국내외파, 즉 해외파와 국내파의 대립 문제에 언급하여 송진우 선생과 장덕수 선생의 저격 사건을 평하되 이것 등도 국내외파 문제의 여파라고 하여 독자로 하여금 송진우, 장덕수 씨 등은 결국 이 파쟁에 희생된 제물인 것으로 뚜렷이 인상印象시켰던 것이다.

얼마 전에 소생된 기억인데 흘려보냈던 이 책자의 내용이 왜 한 독당에 가입하여 김구 선생과 거래하게 된 뒤에 생각하게 되어졌던 것일까. 무심한 일은 아닐 것이다.

6월 26일 김구 선생을 저격하기 약 2개월 전부터 그 책자를 다시금 읽어 보고 싶었고 그 내용을 다시금 씹어 보고 싶었다.

입당 후 당이며 선생님의 태도에 대한 회의감이 싹트면서부터 단편적이나마 기억에 떠오르는 이 책자의 논평, 필자의 관찰이 하나하나 수긍케 되어짐을 깨달았다.

송진우 선생 사건은 고사하고라도 장덕수 선생 사건에 대하여서는 한독당을 의심 아니 할 수 없으며 김구 선생을 연상치 않을 수 없었다. 거의 확신하여 버렸던 것이다.

언제인가 김구 선생을 만나 국내외파 문제에 대하여 선생님의 의견을 타진한 바 있었는데 그때 선생님은 한참 나를 귀여워하시던 무렵이요, 나 또한 타의를 갖지 않았던 때임에도 불구하고 선생님께서는 갑자기 안색을 달리하여 당황하신 태도로 모든 것을 부인하시면서 그까짓 자칭 정객인 무뢰한들의 말에 현혹하지 말라고 방새防塞하시는 것이었다.

그 후에도 몇 번 이런 경우를 당했다. 국회 소장파 문제에 언급한 좌석에서도 이러하시었다.

이럴수록 선생님께 대한 의심은 더욱 농후해 가고 그 책자의 생각이 자꾸만 머리에 떠올랐다. 바라면서도 끝내 이 책자를 손에 넣지 못한 채 사건을 일으키고 말았으나 지금에 와서는 의심이 아니라 사실이라고 단언할 수 있는 자신을 새로이 갖게 된 것이다.

중언重言하거니와 지금 세계의 국가치고 정치적인 진통을 겪고 있지 않는 나라가 몇 있을까마는 한국같이 어려운 처지에 놓인 나라가 또한 몇이나 있을까.

양대 조류의 알력 하에 국토는 양단되고 해방의 신기新機에 해외 망명파와 국내 유수파가 동상同床에 들면서부터 각각 꿈을 달리하게 되었고, 또 남한과 북한이 38선으로 완전히 갈리었으니 장차 남파 북파 또한 없을 것인가.

식자치고 이조의 쇠망한 역사를 알지 못하는 사람이 몇 사람 있으랴. 구두선을 일삼는 그이들에게 묻고 싶다.

이 당파가 타협 없이 그대로 자라야 할 것인가? 사색당쟁의 생생한 교훈을 저버려서는 안 될 것이다.

국사를 경륜하는 데 있어서 갑론에 대한 을론도 있어야 할 것이요, 더욱이 민주주의 정체政體 하에서는 여당이 있으면 반드시 야당이 있어야 할 것이다.

그러나 이 논의와 주장의 대립은 오로지 국민의 총의인 국시國是라는 궤도 위에서만 움직일 수 있는 것이어야 할 것이다.

한국독립당을 보라! 이 당은 여당은 물론이고, 야당인지 모르나 우리의 소견에는 우리나라의 합법 정당인 것 같지 않다. 정부를 부인하고 국책을 방해하는 것이 이 나라 정당일 수 있을 것일까.

이런 당이라면 공산당보다도 미운 당이며 무서운 당이다. 공산당은 당당히 명분을 밝히고 나선 정면의 적이나 아닌가. 그렇다면 이 당은 이 나라 혜택을 입을 수 없을 것이며 이 나라 국법의 보호를 받을 자격을 가질 수 없을 것이다.

나는 국부이신 김구 선생을 시역한 살인죄로 죽거니와 한독당은 대한민국 법의 보호권 내에서 추방되어야 할 것이며 백일하에 요마들의 얼굴에서 인가면을 박탈당하여야 할 것이다.

나는 이 역도 한독당의 정체를 규정짓기까지에 말할 수 없는 번민을 거듭하여 왔다. 설마설마하고 모든 것을 호의로 해석하려 했고 나의 회의감을 내 무식으로 돌리려 했다.

그러나 시간이 가고 교제가 깊을수록 더욱 새로운 흉모兇貌만이 발견될 뿐이었다.

이러는 동안 나는 나대로 고민에서 벗어날 방도를 생각하는 한편, 사법당국의 처사가 있기를 은근히 기다렸으나 공공연히 신문 잡지 등을 통하여 반국가적인 태도를 나타냄에도 불구하고 안타깝게도 이를 묵인하여 '정치 사범의 배후 관계의 꼬리는 경교장으로 숨어 버리는 데는 질색이다'라는 수사기관원들의 비명을 잡담처럼 들게 되었던 것이다.

이렇게 되고 보니 일은 합법적인 방법에 의하여 해결되기는 바랄 수 없이 되었고 '8.15 대기待機'라는 무서운 음모는 나날이 무르익어 가는 것을 보고 있는 이 마음의 초조함을 무어라 형언할 수 있었으랴. 이로써 내 살은 떨리고 내 뼈는 말랐던 것이다.

한편 김구 선생은 어떠하였던가. 지방을 순회 유세하시면서 수만 대중 앞에서 공공연하게 정부를 공격하며 대통령을 비방하며 시책을 반대하여 민심을 선동하였던 것이 아닌가.

당 기관지들은 선생의 유세를 대대적으로 찬양하면서 과격한 말은 논평으로써 합리화 또는 호도하여 처리한 데 대하여 다른 신문들은 선생의 여행에 대한 뉴스만을 취급하였을 뿐 아무 말이 없었다.

수행원들의 전하는 말과 신문 보도를 종합하여 볼 때 뜻있는 인사라면 어찌 놀라지 않을 수 있으랴.

강연 장소가 우리나라에서 굴지의 대도시였으며 이것도 한두 곳이 아니었는데 당국도 당국이려니와 유의有意한 청년들은 왜 그리도 협기가 없었던고.

당 간부들이야말로 선생을 과대망상증 환자로 만들어 놓은 요술사들이다. '한국에 정말 언론의 자유를 가진 이는 오로지 한 사람 김구 주석뿐'이라는 말을 자랑 삼아 뱉곤 하였다.

선생님께서도

"내게만은 언론의 자유가 있다. 내가 아무리 비방하고 욕설을 한다 할지라도 감히 손댈 놈은 없다. 아직 무슨 위원단이니 사절단이니 하는 외국 손님이 내 집을 드나드는 한 국제적인 체면을 보아서라도 감히 손을 댈소냐" 하는 말씀을 서슴지 않고 하시는 것이었다.

이런 말을 들을 때마다 경교장을 나서면서 길거리에 오고 가는 시민들께 '국민들이여! 여기 공공연히 국가를 중상하고 국시를 훼방하며 국책을 반대하고 민심을 선동하는 이적행위자가 있다! 그는 바로 우리의 위대한 영도자요 국부요 애국자이신 김구 선생이시다. 이 이가 김구 선생이시기 때문에 정부, 아니 우리의 엄연한 법도 손을 못 대고 있다는 사실을 알고 있는가?' 하고 마음속으로 외쳤다.

물론 선생님은 애국자이시다. 국부이시다. 불가침의 신성하고도 거대한 존재이시다. 그렇다고 해서 망언을 망언이라 못 하는가.

애국자의 발언이기 때문에 더욱 힘이 크고 국부의 망언이기 때문에 더욱 무서운 것이 아닌가. 선생님이 이렇게 되어 버렸다고 생각하니 참말로 소름이 끼친다.

김약수 체포도 시간문제라고 전하던 범행 이삼일 전에도 고민과 사색의 밤을 밝혔다.

이번 일도 신성불가침인 선생의 거소 경교장으로 꼬리를 감출 사건일진대 무슨 큰 화단禍端이 일어나랴. '태산명동서일필'이라는 탄식으로 폐막될 것이나 아닐까.

무성한 거목의 그늘 불가침의 엄호 아래 사는 한 무엇이 위태로울 것 있으랴. 그들은 미리 이런 추산 하에서 움직이고 있는 것이 아닌가.

또 그들은 선생의 언론 자유의 절대성을 이용하여 국론을 압살하고 자파自派 선전을 마음껏 자행하여 민심을 교란하며 이 효과를 행동 면에 살리기 위하여 버젓이 간판을 달고 있으면서도 음흉한 복선을 그어 소위 비밀당원이라는 백일을 피하는 지하조직망을 뻗치고 있으니 장차 이 나라의 운명과 이 민족의 장래는 어떻게 될 것인가.

―숙명이다―

남들도 할 수 있는 일을 내가 가로맡아 선행한 것도 아니요, 다른 방도도 있었을 것을 굳이 시역의 길을 취한 것도 아니다.

그러나 지금에는 나밖에 할 사람이 없었고, 이 이상 참을 수도 없었다. 막다른 골목이요, 피할 수 없는 역할이었다.

나는 분명히 사람을 죽였다. 죽여도 큰 사람을 죽였다. 둘도 없는 숭배하던 스승을 죽였다. 그러나 내가 이 시역의 대죄를 자득自得한 것은 아니다. 때와 처지가 시켰다. 미리 약속한 운명 그 것이었을 것이다.

이것은 나를 위한 변명은 아니다. 감형을 바라는 넋두리는 더욱 아니다.

나는 죽기로 했고 죽어야겠다. 어떤 기적이 나타나서 살려준다

해도 나는 싫다. 생에 대한 미련은커녕 남은 생의 가치를 발견할 수 없기 때문이다.

왜냐하면 이미 남이 맛보지 못한 선생의 총애를 독차지한 행복도 누려 보았고, 사람마다 체험할 수 없는 심각한 고민도 겪어 보았고, 천인만장千仞萬丈의 절벽을 굽어보는 '비밀당원'의 스릴도 맛보았고, 숭배하는 스승을 죽이는 설움에도 부닥쳐 보았으니 조용히 안온安穩에 자리 잡을 죽음, 무엇이 한 있으랴. 훨훨히 기혼氣魂은 다 탔다. 지금 남은 것은 욕辱에 젖은 몸뚱이, 그것뿐인 것이다.

내가 쓰는 이 글은 사직司直에게 바치는 전말서顚末書가 아니다. 행여나 나와 동류의 청년 동지와 자식들에게 전하여지기를 바라는 정신의 선물인 것이다.

지금까지 적지 않은 시간에 걸쳐 말을 주고받았으나 취조관에게는 이런 말은 못 했다. 취조관들은 오로지 생의 권내圈內(울타리)에 선 직업의식으로서만 나를 대하여 주었기 때문에 못내 이해탈된 내 정신의 분류奔流를 막았던 것이다.

그러나 이심전심으로 혈투 수십 시간에 취조관도 나의 개성을 알고, 나도 그의 개성을 이해했다.

취조가 일단락을 짓고 나서는 더욱 친해졌다. 인생관에 공명되는 점을 발견할 때도 있다. 그 부하 직원들까지도 전에 없는 호감으로 대해 준다. 감시병도 이제는 나의 정체를 안 모양이다. 전과 달리 따뜻이 대해 준다.

　밤도 깊었다. 쓸 말은 아직도 많은데 붓이 지쳤다. 쓰는 도중에 끊기게 될는지도 알 수 없으나 쓰는 그날까지 이 기록에 내 심경의 일단이라도 그려지면 다행으로 삼겠다.

7월 9일(토요일) 구름 조금

아침 군의관이 왔다. 앞으로 삼사일이면 붕대를 풀게 될 것이라고 한다.

R중위의 허가로 감시병이 어제 8일자 신문을 가져왔다. 10여일 만에 보는 신문이다.

그 동안 10여 일이나 사회 문물과는 아주 동떨어진 머언 세상에서 산 것이다. 신문 제호에서부터 광고란에 이르기까지 한 자도 놓치지 않고 정신없이 다 읽었다.

한 장 신문을 가지고 읽은 면을 다시 뒤집고 다시 뒤집곤 하였다. 사회 소식에의 굶주림이란 담배 떨어진 누가 아닌 것 같다.

점심 후에 헌병이 들어와서 '가족이 면회 왔으니 면회실로 나오라'는 안내의 말을 전한다.

나는 내 귀를 의심하다시피 멍하니 대답도 못 하고, 돌아서 가는 헌병의 뒷그림자만 쳐다보았다. 기다린 바도 아니요, 그렇다고 의외의 일도 아니지만 갑자기 얼굴이 화끈하여지며 상기한 사람처럼 숨이 가빠지는 것만 같은 쇼크를 느꼈다.

생각하여 보면 구속된 지 반삭半朔, 그 동안 머리를 비운 적이야 있었으련만 낮에는 취조받기에 골몰했고 그 나머지 시간에도 사건에 관련된 이 생각 저 생각에 가족에 대한 잡념은 그리 많지 못했으며, 있었다 해도 그리 고민스러운 것은 아니었다.

몇 날 전에도 처인 듯한 부인이 면회를 청하려 왔다가 울면서 그대로 돌아가더라는 말을 듣고 '가엽다, 미안하다'고는 생각했지만 그리 마음이 뒤집히지는 않았다.

급기야 '면회'라는 바람에 그만 마음을 진정할 수 없으며 '만나지 않았으면' 하는 생각이 문득 앞서니 이것은 나로서도 형언키 어려운 심정이다.

물론 처는 처로서 역적이든 국역이든 내 남편은 내 남편이라는 애정과 연민에서 기를 쓰고 옥바라지를 애원하였을 것이다. 나는 나대로 미안하다는 고비를 넘어서 이제는 만나지 않고 이대로 죽어 버리고만 싶다.

취조가 끝났기 때문에 오늘 비로소 허가를 받았겠지만, 그 동안 매일같이 왔다 갔을 것을 짐작하면 미안하기 끝이 없고 지금 면회실에서 초조히 기다릴 것을 생각하니 가련하기 짝이 없다. 그러나 '만나는 것이 좋냐, 만나지 않는 것이 좋냐' 생각(을 일으)키지 않는 이 심사를 어떻다 형용할 바를 모르겠다.

창밖으로 굽어보이는 자유세계의 풍경은 어떤 보지 못하던 그림의 경개景槪와도 같이 황홀해 보인다.

'면회실'이라는 팻말 쪽이 붙은 방문 앞에 발을 멈추었다. 열리는 문 틈 아래로 하얀 고무신발과 늘어진 치마기슭(치맛자락)이 보인다.

뭉클하는 가슴을 숨결로 진정시키며 방문을 들어섰다. 책상 너머 의자에서 일어서는 처의 눈물 어린 시선과 마주쳤다.

나는 왼손에 잡힌 도어 손잡이를 놓지도 못하고 얼빠진 사람모양 멍하니 그 모습만을 바라보았다.

내 눈을 의심하리만치 무섭게 야윈 얼굴이다. 눈시울이 뜨거워짐을 금할 수 없다. 저렇게도 몰라보게까지 됐나…. 나는 그와 결혼한 후 저렇게 여윈 얼굴을 본 일이 없다. 몇 해 전 병으로 수개월을 자리에 누웠을 때도 저렇지는 않았다. 마치 해골과도 같구나.

나는 어이없을 때에 부자연스럽게 웃는 버릇대로 웃었다. 처는 말없이 고개를 숙이며 의자에 주저앉아 책상 위에 얼굴을 파묻고 우는 것이다.

소리를 죽여 가며 흐느낀다. 뼈만 남은 몸집에 초라한 차림, 들먹거리는 앙상한 두 어깨, 참으로 처절하기 짝이 없다.

저것이 무슨 영화를 보리라고 부모 눈을 속여 가며 처녀의 순정을 바쳐 나를 따랐던고. 집을 메로 삼고(산을 집으로 삼고) 떠다니는 놈을 그래도 남편이라고 기다리며 까막까치를 벗 삼아 10년, 이고지고 38선을 기어 넘어 바가지 살림을 차린 지 겨우 2년에 역적의 아내 살인범의 아내로서 어린것들을 데리고 길거리를 방황할 신세가 되었단 말인가.

나는 할 말이 없다. 그저 안면의 근육만이 경련을 일으켜 움직일 뿐이다. 터져 나오려는 처의 울음소리는 문 밖에서도 들릴 것 같다. 위로할 말도 없다. 타이를 말도 없다. 나는 동상같이 서서만 있었다.

'울어라, 마음껏 울어라.'

변태적인 잔인스러운 쾌감이 든다. 발악적인 고함을 마음속으로 외쳤다. 적지 않은 시간이 흘렀다.

이윽고 아내는 몸을 일으켜 옷깃을 바로잡으며 홍조 띤 울음 남은 얼굴로 한 번 나를 쳐다보고는 다시금 고개를 숙였다. 들먹이는 어깨가 아직 진정되지 못했다.

나는 부러 쾌활한 목소리로 말문을 열었다.

"애들은 잘 놀고 있나?"

첫 마디로 그 말밖에 물을 말이 없었다. 아내는 머리를 숙인 채 고개만 끄덕여 보인다.

다음 물을 말이 얼핏 떠오르지 않는다. 아내도 그런 모양이다.

못 본 지 반 달 동안밖에 안 되지만 딴 세상에서 만나게 된 그와 나, 쌓이고 쌓인 말이 어찌 한 달 두 달엔들 끝날 수 있으랴.

침묵이 웅변일 것이다. 말 없는 시간은 다시 흘렀다. 처량하다 할까, 행복되다 할까, 영감靈感만이 속삭이는 극적인 일 초 일 초다.

문 밖에 감시병이 어른거릴 따름, 입창 헌병도 나가 버리고 없다.

흥분이 가라앉기를 기다려 책상 옆에 마주앉았다.

아내는 이 사오일 전 번연히 안 될 줄 알면서도 매일 서너 시간씩 면회를 졸라 보았노라는 이야기를 비롯하여 그 동안 지난 일을 차곡차곡 보고한다.

─25일 낙태한 후 그럭저럭 병원에도 못 가고 말았으며,

─애들은 잘 놀고 있는데 장남 국영이는 사건 발생 후부터는 휴교시키고 있고… 묻는 대로 사건 내용과 귀추에 대한 윤곽도 이야기하여 주면서 궁금하던 집의 소식을 대략 들었다.

─6월 26일 범행 직후로 모 수사관이 집으로 찾아와서 집 안팎을 샅샅이 뒤지기 시작했다. 까닭 모르는 처는 완강히 수색을 거부했으나 상대방은 강권으로써 두 시간 가까이 바늘이라도 찾듯이 안 뒤지는 데가 없었다고, 그래 봐야 물품이라고는 철 침대 하나와 겨울 정복 아래위, 외투 한 벌이 있었고, 그 외에 쌀독에는 쌀이 두어 됫박, 돈 800원, 네 식구에 이부자리 한 벌과 모포 두 장, 알루미늄 식기 몇 개, 바가지, 부서진 풍로 등 보이기에도 창피한 가난 그것밖에 없었다. 무엇을 찾으려 했는지는 몰라도 이렇듯 비참한 살림에 놀란 듯이 자기들끼리 수군거리며 내 명함 지갑과 내신來信 몇 통을 압수하여 가지고 들어올 때의 태도와는 달리 미안스러움을 표하고 무례를 사謝하면서 가 버렸다. 처는 아마 남편이 무슨 죄를 저질렀나 보다 하고 이런 생각 저런 생각 더듬어 보았다.

평시 남편의 행동이나 태도로 보아 이상한 점이 없었으며, 사상적으로도 의심할 바 없고, 오늘 아침에도 여전한 기색이었는데 대체 무엇일까 궁금히 여기어 하회下回만 기다렸는데 저녁 무렵에야 신문 호외가 돌고 벽보가 나붙은 데서 남편이 김구 선생을 살해했다는 사실을 알게 되었다. 나의 형님과 나의 동서 김경신金敬信 군이 달려들고, 나의 처제가 오는 바람에 울고불고 야단법석이었다.

―27일에는 아침부터 헌병이 와서 입초立哨를 서서 별거 가족까지 일일이 헌병 입회하에서만 출입시키고 외인은 일절 그림자도 비치지 못하게 하였다. 처는 병상에 누운 채 두문불출하였으며 경신 군만이 특별한 허가를 얻어 드나들었다.

―신문 기자들이 연달아 찾아왔으나 일절 입을 다물고 냉대하는 바람에 사진 한 장, 말 한 마디를 얻지 못하고 가 버리곤 하였다.

―이렇게 지나는 동안에 동리 사람들 사이에는 견해가 각각이었는지 은근히 위로하여 주는 사람이 있는가 하면 못마땅하게 여기는 사람도 있었다. 그러나 동정적인 사람이 많은 편이었다.

―처는 삼사일 동안 식음을 전폐하고 누워 있었다고―

그랬을 것이다. 지금 이 모습을 보면 삼사일뿐만 아니라 반 달 동안 물 한 모금 먹은 사람 같지 않다. 그래도 동리 사람들의 학대가 없었다는 것이 뜻밖이요, 경신 군이 집이 대구임에도 불구하고 그냥 머물러 있어 뒤를 돌보아 주고 있다 하니 다행이다.

　범행 후 5일째 되는 날이다. 취조관은 취조 도중 나의 비밀당원 증과 김구 선생님으로부터 받은 친필 족자 두 폭을 처에게 맡겨 감추어 두었다는 진술을 듣고 즉석에서 수사관을 태평로 내 집으로 보냈는데 처는 '그런 일 없다'고 단호히 거부하는 바람에 목적을 이루지 못하고, 그 다음 수차數次 만에 J사령관이 친히 찾아가서야 비로소 목탄 그릇 밑에서 끄집어내어 주는 것을 받아 가지고 온 일이 있었다.

　처는 이 이야기를 하며 '사건 발생 익일 검은 색안경을 쓰고 정복을 한 헌병 장교 한 사람이 찾아와서 비밀당원증과 족자를 내놓으라고 하기에 생각해 본 즉 그 물건을 맡을 적에 어떤 사람이 달라고 해도 주지 말라는 다짐을 받았는데 이렇게 사태가 비상한 때라 미상未詳하여 없다고 거절하였더니 그 다음날은 또 검은 색안경에 평복을 한 다른 사람이 왔다. 물론 또 거절했다. 그 다음에는 남편의 친필 전서傳書이기는 하나 진의인지 미덥지 못하여 두 차례나 거절하다가 나중에는 어떤 점잖은 분이 와서 내가 누구노라고 믿음직한 신분까지 밝히기에 내주기는 했는데 그때 그 친서가 어떤 고문에 이기지 못하여 쓴 것이 아니냐'고 물으며 내 머리의 붕대를 의아스럽게 다시 한 번 쳐다본다.

　그래 그 편지는 틀림없는 내 자의의 친필이며 군에는 고문이라고는 없다는 것과 지금은 취조도 일단락되어 별 일이 없으며 대우도 좋고 몸의 상처는 경교장에서 입은 것으로서 앞으로 이삼일이면 머리의 붕대까지도 풀게 되었다고 안심을 시켰다.

처는 모든 의심이 풀린 듯이 안심되는 빛을 보여 준다.

시간이 30분은 넘었을 것 같다. 파격적이 우대다. 다시 들어온 헌병은 손목시계와 나의 얼굴을 번갈아보는 눈치가 그만 면회를 끝내 달라는 암시에 틀림이 없다.

처도 눈치를 챈 모양이다. '그러면 부디 평안히'라고 일어서면서 살림 사정을 다시 물으며 생활비 걱정을 했더니 '걱정 마세요' 하는 한 마디의 대답이다. 물론 딴 말이 없을 것이다. 말해 보았댔자 형님이나 경신이를 믿는 길밖에 도리가 없는 것이 아닌가.

처는 보자기를 풀어서 담배 두 갑과 과자 한 봉지를 내밀어 놓고 아무 말 없이 돌아선다. 나는 작별인사 말 겸 "국영이 월요일부터 학교에 보내요" 하고 뒷모습을 바라보았다. 그는 "네" 하며 다시 뒤돌아다보지도 않고 작별의 설움을 억제하려는 듯이 고개를 숙인 채 복도로 사라져 버렸다.

혼자만이 남았다. 의자에 기대어 담배(연기)를 내뿜었다. 무슨 환몽에서 깬 것만 같다. 지금 나간 그 총총걸음, 그 심사 모를 바 있으랴. 미안하다….

감시병의 독촉을 받아 감방으로 돌아왔다.

또 한 가지 잊었던 용무를 끝낸 것 같다. 이제 사형장에 끌려 나가도 머리에 남을 것이 없을 것 같다. 굳이 있다면 인자하신 할머니, 애지중지 나를 업어 길러주신 할머니나 보고 싶을까….

고향이 그리워지는 낭만도 없지는 않다. 쓸데없다. 이런 잡념이 자라기 전에 어서 갈 길을 떠나 버리고 싶다—.

오늘밤도 비가 올 것 같지 않다. 단조로운 것은 감방뿐만 아니라 대기도 변화를 잊었나 보다.

7월 10일(일요일) 맑음

그저 어제가 오늘인 옥중 생활의 단조로운 환경 속에 무슨 변화가 있으련만 그래도 일요일이라고 감시병이 교체되고 나니 어쩐지 적적한 감이 든다.

어제 처가 주고 간 담배 두 갑의 재고에 마음을 놓고 무료히 연막을 쳤다.

잊었던 어제 과자 봉지를 끄집어내어 뜯었다. 노르스름하게 윤기가 도는 맛나니빵이다. 머리를 기웃거리며 한 개를 집어 들었다가 감시병 생각이 나서 봉지째로 내밀면서 같이 먹기를 권했다. 낯선 그 감시병은 무뚝뚝한 어태(말투)로 '아니요' 하고 대번에 거절해 버린다.

변변치 못한 것이라고 해서 푸대접일까, 죄수의 호의라고 해서 물리치는 것일까. 내밀었던 손을 당기기가 어쩐지 어색하기 짝이 없다.

비록 값싼 빵조각일망정 이것은 내 아내의 뜨거운 정성이다. 어느 가게에서 샀는지는 모르나 차입 허가 여부를 걱정하면서 그 한 개 한 개를 봉지에 담을 적에 얼마나 눈물이 앞을 가렸으랴. 가슴이 미어질 듯 단맛이 목에 걸린다. 꿈엔들 바랐으랴. 죽기 전에 처의 손에서 먹을 것을 받아 볼 줄이야—.

이것이 모두 영결 후에 남아질 쓰라린 추억이 될 줄 모르고 그래도 '예측 못 할 잔명殘命의 시간'을 촌시라도 놓치지 않고 정성을 기울이는 그의 그 애처로운 모습.

이 슬픈 인연은 왜 이리도 쉬이 꼬리를 걷지 못하는고⋯. 생각할수록 불쌍한 운명을 지닌 여인이다.

비운의 예견 없이 싹튼 연애의 순정과 순정은 양가 부로父老들의 반대를 도리어 행복의 시련으로 여기면서 삼생三生(불교에서 말하는 전생, 현생, 후생)의 연분을 구가하였던 것이 아닌가. 차라리 도중에 파탄이 있었던들 오늘의 참경은 없었을 것이요, 차라리 현숙賢淑치나 못했던들 오늘 같은 단장斷腸의 비애는 없었으련만.

회고하면 우리는 결혼 첫 날부터가 무서운 형극의 고행이었으니 부모의 극심한 반대로 인하여 그는 그대로 집을 튀어 나왔고 나는 나대로 제적을 당하다시피 되어 국내, 해외로 전전 방랑하기 삼사년, 밥 설움인들 없었으며 집 설움인들 없었으랴. 친척의 눈초리도 희었으며 친구가 대해 주는 태도도 차가웠다.

그러나 그는 그럴수록 순종의 도를 빛내었으며 애모의 정을 더하였다. 이러는 동안 세월은 흘러 자식도 낳고 세평世評 또한 무심치 않았음인지 비록 완고할망정 부모의 자애 끝까지 가실 리 없어 드디어는 그의 지조를 이해하고 부덕婦德을 가상佳賞하여 전노前怒를 풀고 흔연欣然히 맞아들이는 날을 맞이하게 되었다.

이로써 그는 안씨安氏 문중의 정상적인 대우 밑에 일가의 시하

주부侍下主婦로서 본연의 자격을 찾게 되었으나 그 단란團欒의 날은 그리 길지 못하였으며 8.15 후에는 뒤받치는 적구赤狗(빨갱이, 공산주의자)들의 박해에 부닥치게 되었던 것이다.

두말할 것도 없이 당시 북한에서 지식층이며 중산 계급으로 지목되는 우리들의 처지와 정신 상태는 어떠하였던가. 나는 그때 더욱 내조의 힘을 깨달았고 다시 한 번 그의 지성에 놀랐다. 남편의 사기를 고무시킬 때에는 폭풍이라도 몰아치듯, 남편의 운동을 협조할 때에는 범의 굴에라도 뛰어들 듯하였다.

월남할 때만 하여도 대세가 이롭지 못함을 깨닫자 그 무시무시한 판국에 연약한 여자의 몸으로 어려운 뒷수습을 인수하면서 남편을 먼저 보내고 나중 자기 혼자서 생후 1개월의 젖먹이를 등에 업고 마선魔線을 뚫고 넘어왔던 것이다.

그 양장羊腸의 행로는 굽이를 돌고 돌아 월남 후인 오늘의 살림은 또 어떻던가. 청년운동이니 정치운동이니 하는 남편의 주책에 드디어 의지依支를 잡지 못하고 대구 있는 자기의 동생네 집에 기식寄食하다가 남편이 군대에서 임관된 다음에야 겨우 집을 잡은 것이 저 유명한 태평로 피난민 합숙소 한 칸의 수사관을 놀라게 한 '가난' 그것이다.

남에게는 어색한 말이지만 그 달관達觀한 기품과 강직한 성격, 침착한 도량을 생각할 때 실로 나의 처로서는 과분한 상대라고 평하고 싶은 것이 지금 죽음에 직면한 나의 솔직한 심경이다.

110

내가 이런 무서운 죄인이 되어 그와 딴 세계에 격리된 현실에 있어서 그가 발작적인 광태를 부린들 어찌 무리하다 할 수 있으랴.

수차에 걸쳐서 출동하였던 수사관들이 전한 바 그대로 그의 태도가 그만치 의젓하였으리라고 나는 믿는다.

해방 전 중지中支(중국 화중 지방)에서 살 때 이런 일이 있었다.

내가 중지나中支那 준남淮南(회남淮南의 오자인 듯. 회남이 있는 안후이 성은 화중 지방임. 이하 회남으로 표기)에서 군 관리기관인 통제품 판매조합 이사로 취직하여 부부의 호구糊口를 이어가던 때의 일이다. 당시 회남이란 소위 접경지구로서 일군日軍 헌병 1개 소대와 경비대 1개 중대가 주둔하여 그 보호 하에 일본인 삼사 호와 우리 한교韓僑 이삼십 호가 중국 토착민 틈에 끼어 살고 있었으며, 거기에는 소위 귀순부대歸順部隊라는 중국군 1개 연대가 일군의 작전에 협력하고 있는 지대였다.

내가 담당한 통제품 판매조합의 임무는 동同 지구 내의 치안 유지를 목적으로 입하되는 생활필수품(면포, 면사, 연초, 설탕, 비누, 양초, 식염 등속)을 일반민에게 배급하는 것으로서 역시 왜인의 편협된 근성의 학정에 의하여 일본계 주민과 중국계 주민의 배급 비율이 근 열 배의 차별을 두는 정책을 실시하는 기관이었는데 치안 유지 회의가 열릴 때마다 나는 그 정책의 모순을 지적하며 중국민들의 불평을 경고하여 왔음에도 불구하고 왜군은 그대로 고집하여 여기에 대한 원성은 사무 담당 책임자라고 해서 무고한 나에게 집중되어 왔다.

이 불평은 드디어 폭동으로 발전되어 어느 날 일군이 타지로 출동한 틈을 타서 소위 귀순부대라는 중국군의 습격을 받게 되었다.

낯선 타국 땅에서 총칼 앞에 놓인 나의 생명이란 어떠한 것이었을까. 또 주린 이리(狼) 떼와도 같은 그들의 손아귀에 쥐어진 여자의 신세 오죽하였을까. 그러나 나의 처는 단신으로 모든 위험을 무릅쓰고 갈퀴에 맞은 미친개 모양으로 끌려가는 내 뒤를 따라가며 한민족의 설움과 무고한 남편의 입장을 설득시켰으며 나중에 이 급보를 듣고 달려온 일본인 장교들에게도 대담하게 그 무모한 정책을 규탄하였던 것이다.

이 사실은 당시 신문에도 게재된 바 있거니와 굳은 신념의 소유자 아니고는 행할 수 없는 일이었다.

그 후 회남을 떠난 우리는 서주徐州로 이주하였는데 서주에서는 또 이런 일도 있었다.

때마침 군수 경기를 타고 들어온 일본이 삼정三井(미츠이), 삼릉三菱(미쓰비시), 삼흥三興, 대환大丸(다이마루) 등의 재벌이 잡곡 수매 사업에 착수하였던 때라 나는 여기에 착안하여 한때 재미를 본 바도 있었으나 원래 자력資力이 곤핍困乏하였던 탓으로 사업을 계속치 못하고 헛되이 북경 등지를 헤매고 다녔다.

이러는 동안 서주에 유수留守 중인 나의 처는 내가 창고로 사용

할 목적으로 매수하여 두었던 전 음식점을 이용하여 독력獨力으로 평양식 냉면옥을 시작하였다.

그 무렵 일군의 후방을 따라다니며 활약하는 소위 조선 사람 상인들이란 대부분이 겉으로는 그럴듯한 명분을 내걸고 그 속심은 아편 밀매로 일확천금을 꿈꾸고 있는 판이라 처의 냉면 장사는 남의 조소거리밖에 안 되는 것이었다. 이것을 모르는 처가 아니었지만 고고孤高한 기분으로 자강하면서 남편의 저상咀(沮의 오자)喪(기운이나 의욕이 떨어짐)된 의욕을 고취시켰다.

이때의 일이다. 서주를 상거相距한 약 10리 지점에 왜군 부대가 주둔하고 있었는데, 이 부대에는 10여 명 한인 학도병이 끼어 있어 매 일요일마다 냉면을 사먹으러 오곤 하였다.

처는 이 학도병을 내 동생같이 애무愛撫하면서 음식을 무료로 제공할 뿐만 아니라 용돈도 나누어 주었다. 이것이 인연이 되어 때마침 이 지대에 접근된 우리 광복군과의 내통의 길을 열어주게 되었으니, 이 보잘것없는 냉면옥은 피 끓는 애국 청년들의 지하 연락 기지로 되었던 것이다.

사후인 지금에 있어서는 고담古談 삼아 이야기도 할 수 있는 일이지만 당시 인명이 초개草芥 같던 전지에서 이렇듯 용기를 내는 것은 참으로 용이한 일이 아니다.

이러한 역사를 더듬어 볼 때 자연히 머리가 숙여짐을 금할 수 없다.

아내여! 어찌 이 찬사로써 그치랴.

미안하다. 남 사는 세상에서 여자로서의 청춘의 꽃다운 호강 한 번 부려 보지 못하고 애비 없는 자식의 어미로서 서글피 종생終生을 기다리게 되었단 말인가. 이것이 어떤 전생을 지닌 현생일진대 내생來生은 무슨 과보로 어데서 만나랴.

7월 11일(월요일) 맑음

어제 외출했던 감시병들이 도로 교체되었다. 이 R하사와 B하사는 나의 전속 감시병이 되었기 때문에 이제는 터놓고 지내는 사이가 되어 버리고 말았다. 별로 죄인으로 취급하는 기분을 갖지 않으며 때로는 '장교님' 하고 경칭까지 붙여 주는 데는 도리어 거북스럽다.

그러나 그들은 내가 안두희라는 것을 번연히 알면서도 아직까지 좀처럼 아는 기색을 나타낸 일이 없으며, 간혹 내 사건이 화제가 된다 해도 도리어 냉담한 안색으로 임하는 것이었다. 이것도 하나의 군율이라고 생각하면 믿음직한 일이다.

오늘도 그들이 외출에서 돌아오면 으레 행하여지는 사회 뉴스의 보도를 듣던 끝에 정계 소식으로 화제를 유치誘致하여 내 문제에 대한 후문을 물었다.

그들은 역시 제3자와 대화하는 태도로 객관적인 여론을 소개하면서 주관적인 평론을 가하는 것이다.

'맨 처음에는 누구에게 매수되어 가지고 김구 선생을 죽인 줄로만 알았더니 요즘 세평을 들으면 그런 것 같지 않다. 물론 아직도 여론은 구구하다. 정치적인 배후 관계가 있다고도 하며, 전연全然 그것은 억측이라는 설도 있다. 안安은 역적이라고 욕하는 사람도 있지만 애국자라고 동정하는 사람도 있다. 이런 모든 풍문을 종합하여 보면 범인은 분명히 애국심에서 행하여진 자의적인 거사에 틀림없다. 하여튼 보통 사람은 아니다. 김구 선생은 물론 애국자이시지만 안도 애국자가 아닐까?' 하고 동료 B하사의 동의를 구하면서 은근히 나의 칭찬을 늘어놓는 것이었다. 그들의 말에 의하면 김구 선생 장례 전에 이 대통령께서 담화 발표를 하셨는데 이 담화로 말미암아 세간에서는 애통한 중에서도 이 사건은 어떤 무모한 부랑배의 소행이 아니요, 이 사건 발동까지에는 어떤 사정이 복재伏在하였을 것이라는 설이 유력한 모양이다.

이 대통령께서는,

'범인은 목하 모 기관에서 엄중히 취조 중에 있으나 사건 내용은 아직 발표할 시기가 못 된다고 본다. 내막을 공표한다는 것은 애국자이신 김구 주석의 체면에 욕을 돌리게 될 우려가 있기 때문이다. 고인이 된 지금에 있어서 구태여 명예를 더럽힐 것이 무엇이며 영령을 모독할 것이 무엇이랴. 후일 서서히 진상이 밝혀질 날이 올 것이다'라는 말씀을 하신 것이라 한다.

그러나 아직 일부에서는,

'아니다. 안은 분명히 어떤 사주에서 움직인 것이다. 이에 격분한 의혈 청년들은 가만있지 않을 것이다. 그의 집이라도 습격하여 가족을 몰살시킨다는 것도 헛된 풍설만도 아닐 것이다'라고 민심을 선동하는 층도 있다는 것이다.

심지어는 군부에서 시켰다는 둥 대통령이 사주하였다는 둥 별의별 말이 다 떠도는 모양이다.

참으로 미안하고 황송스러운 일이다. 군부의 체면도 체면이려니와 미천한 나의 자의에 의한 범행이 대통령의 위신에까지 언급케 된다는 것은 무엇이라 사죄하여야 옳으랴.

나는 원래 죽음을 각오했고 어차피 죽을 몸이니 어떤 욕설을 퍼부어도 무관하지만 터무니없는 중상으로 군부와 대통령까지 거론할 것이야 무엇인고.

만약에 내가 말없이 자살하여 버렸더라면 얼마나 더하였을 것인가. 참으로 꿈에도 상상치 못했던 모략이다. 필시 이것도 한독당 오열분자五列分子의 소행이리라. 근기根氣 있는 그들은 몰락되어 가면서라도 악착같이 보복적인 수단을 쓸 수도 있으리라.

또 범인을 악질적인 불량배로 규완規完(규정)짓기 위하여서는 그럴 법도 하지만 야비하게도 유가족까지 노릴 것이야 무엇이랴.

나는 분명히 사람을 죽였으니까 살인범이요, 국부를 시역하였으니까 역적이다. 무근지설無根之說을 날조하여 가지고 국가원수를 모함함은 역시 역적 아니고 또 무엇인가.

이들은 자기들의 목적을 달성하기 위해서는 수단 방법을 가리지 않는다는 공산당보다도 더하다.

김구 선생과 이 대통령 사이가 근년에 이르러 약간 멀어졌다는 것은 세인이 다 아는 일이기는 하나 이것도 정치적인 의견의 저어齟齬(차이)일 뿐이요, 사적인 교의에 있어서야 무엇이 변할 것인가 하는 것 또한 항간의 견해가 아니었던가.

정치 생활의 공적公的 면에 있어서도 김구 선생 자신으로부터의 일방적인 이탈이었으며 이 박사께서는 정부 수립 전후에도 다시금 제휴하여 보시려고 암암리에 갖은 애를 쓰셨다는 것도 숨길 수 없는 세평이 아니었던가.

설사 두 분이 소격疏隔히 지나가신 것이 사실이라 치더라도 김구 선생의 처지와 성격으로 보아 일시 정책적인 '제스처'일 것이요, 시기가 바뀜에 따라 머지않아서 옛날같이 합의되시리라 믿었던 것이 우리 뜻있는 겨레의 희망이 아니었던가. 나도 이것을 신뢰하였기 때문에 몸소 김구 선생을 모셔 보려고 했던 것이다.

이와 같이 두 분의 교의에 대한 견해가 피상적인 관찰에서 생겨진 풍설이라고 가정한다면 그 진부眞否를 단언할 자 누구랴. 엄격히 따질진대 장본인이신 두 분 외에는 없을 것이다.

정보가 주밀綢密하고 견해에 예민하다는 공산당에서도 이 두 분의 관계에 대하여서는 의문부를 붙이고 있었던 것이다. 내가 사관학교에 입교하기 전 서북청년회 종로지부의 간부로 있을 때 일이다.

때는 우리 정부 수립을 전후하여 정치 정보를 수집하며 건국 사업을 파괴하기 위하여 북한 괴뢰 집단은 수많은 공작대원과 간첩들을 속속 이남으로 밀파하던 무렵이었다. 당시 이 간첩으로서

거물급 두 명이 우리 서청 종로지부 정보원의 손에 걸려들어 사실을 자백 받아 가지고 경찰에 인도한 바 있었는데, 그 자들은 말단 조무래기가 아니고 그 세계에서도 중견층에 처할 지식분자로서 정치적인 식견이 감히 우리 같은 사람은 당할 바 못 될 정도의 인물이었으며, 또 지위가 김일성의 직계로서 남한 공작대의 지휘 책임자였으니 우리들의 흥미는 더욱 컸던 것이다.

놈들은 참말로 남한 사정에 밝았다. 모모 요인이 모모 정객과 어느 때 어느 곳에서 만나서 얼마 동안 밀회하였는데 그 회담 내용은 약시약시若是若是한 것이라는 우리로서는 들어 보지도 못한 비밀까지 잘 알고 있었다.

두 명 중 한 명은 특히 김구 선생의 동향을 탐지하던 책임자로서 그들의 말에 의하면 김구 선생과 이 박사 두 분 사이의 소격감이란 남북 협상을 계기로 한 일시 정책적인 '제스처'나 아닌가 하여 이 점을 경계하면서 두 분의 분열을 구현화具現化하려던 것이었다.

이로 미루어 보아 김일성 도당에서도 이 박사와 김구 선생 두 분의 교의에 대하여 의심을 두어 가지고 얼마나 관심이 컸었다는 것을 짐작할 수 있었다.

나로서도 두 분에 대한 희망적인 견해가 항상 염두에서 사라지지 않았고 범행 직전까지도 이것을 기원冀願하였던 것이다.

그 어느 때인가 김구 선생님과 대담할 때 정치인의 공사公事와

감정에 대한 문제를 질문한 바 있었는데 선생님께서는 북한 괴뢰 집단 내 요인들의 정치적 분열 상황을 열거하시면서 정치운동에 개인감정을 개입시킨다는 것은 위험천만이라고 기비其非(그 잘못)를 경고하셨고, 불원不遠(머잖아) 그 집단이 와해될 것이라는 것을 예언하시었다. 또 외국의 예를 들어 탄넨베르크 전투에서 독일군 참모들은 러시아 군단장 간의 불화를 이용하여 서너 배의 병력을 격멸하였다는 역사를 풀어 가시면서 감정의 이용가치(상대의 입장에서)를 설파하시었고 순순히 중국의 흥망사까지 말씀하시는 것이었다.

이 말씀으로써 당시 내 머릿속에 싹트고 있던 두 분의 교의에 대한 의아감이 일시에 비산飛散됨을 느꼈던 것이다.

범행 당시 '이것이 감정이 아니고 무엇입니까. 선생님께서는 항시 훈계하시면서도 왜 자신께서는 정치와 감정을 혼합하십니까' 하고 대든 소이도 이런 인연 때문이었다. 다시 말하자면 범행 직전까지라도 두 분의 분열은 일시적인 '제스처'에만 그치기를 내심 희구하였던 것이다.

'이 대통령께서의 사주'라니 될 말인가. 참으로 뼈가 저리다. 대통령께서 이 말을 들으신다면 얼마나 신금宸襟(임금의 마음)이 어지러우시랴. 나는 김구 선생을 살해한 죄에만 그치지 못하고 또 한 가지 대통령의 위신을 더럽힌 죄를 겸하게 된 것이 아닌가. 한 개의 목숨 가지고 어찌 이 중죄를 사謝할 수 있으리. 마치 현실이 아니요, 꿈인 것만 같다. 이 악몽을 깨면 만사가 해결될 것 같고 김구 선생님도 다시 만날 것 같다.

진상 발표를 기다리는 시민들의 초조한 표정이 자꾸만 눈앞에 어른거린다. 한때 서청 내부에서도 정통파니 남북 협상 지지파니 하고 대립되었던 동지들은 지금 어떤 심회心懷에 잠겼을까.

'왜 그렇게 빼빼 말라만 가느냐? 무슨 근심이 있느냐?'고 수상스러운 눈으로 위로 아닌 질문을 던지던 포병대 동료들은 지금 어떤 감상을 품고 있을까. 포병사령부는 비상태세에 들어갔다는 소식은 들었으나 그 후 실정은 어찌 되었는지. 부대가 그립다. 한계 없는 저 창공에는 조각구름이 훨훨 떠가는구나.

7월 12일(화요일) 맑음

조반을 먹고 났으니 기계적인 절차로 점심시간이나 기다릴 수밖에 없는가.

긴긴 여름 해다. 창문 밖에는 아침볕도 더디다.

감시병의 그림자는 복도 건너에 묵묵한데 앵앵거리는 파리 소리마저 옥방의 적막을 더하는구나.

천정에 덮인 판자 조각은 어제대로 20줄이 분명하다.

어디서부터인지 '부웅' 하고 육중한 수송기처럼 난데없는 왕벌 한 마리가 저공으로 날아들어 머리 위를 선회한다.

심심하던 판에 기약 없던 반가운 손님이다. '웰컴' 하고 나는 어린애같이 무르팍걸음으로 타월을 휘두르며 '야아 야아' 소리를 질렀다. 침울하던 감방에 때 아닌 활극이다. 감시병이 깔깔댄다. 무엇을 찾아다니다가 방향을 잃었던지 불의의 지하 공격에 당황한 벌은 들어온 구멍을 찾지 못하고 맞은편 들창 철망에 몇 번 부딪치다가 그만 떨어지고 말았다.

부딪치는 바람에 머리에 쇼크를 받았음인지 날개의 탄력을 회복치 못하였음인지 날려다가는 궁글며 몸부림을 친다. '이놈! 야단이다.' 마룻바닥에 날개를 떨며 발버둥치는 모양을 굽어보며 나는 쓴웃음을 웃었다.

적진 중에 추락된 기분이냐, 그렇게 공포에 떨 것은 없다. 내가 살인수이기는 하다만 살생을 즐기는 사람은 아니며, 이곳이 인간 감옥이기는 하지만 무고한 몸을 구속하는 데는 아니다.

종잇조각에 벌을 쓸어 담아 가지고 복도 건너 유리창 밖으로 내던졌다. 땅에 떨어질 듯하던 벌은 몸을 솟구쳐 하늘 높이 날아서 지붕 너머로 사라져 버렸다.

감방은 다시 정적으로 돌아갔다. 잠깐 동안이나마 현실을 잊었던 행복스러운 시간이었다.

뒤돌아보지 않고 달아나는 것만 같던 그 벌의 모양이 눈에 암암(가물가물)하다. 비록 미물이지만 사지에서 벗어난 그 기분, 얼마나 시원하였으랴.

아까 벌이 부딪치던 철망 너머로부터 중국 여인의 떠드는 소리가 들려온다. 무엇일까?

일어서면 눈이 닿을 것만 같은 높이의 창이다. 저 창 밖에는 곧 자유로운 사회가 연해져 있으련만…. 한 번 내다보고 싶다.

이 방에 갇힌 지 근 20일, 저 창 밖으로부터 사회적 음향을 들으면서도 지금까지 한 번 넘겨다본 적도 없거니와 또 넘겨다보았으면 하는 마음을 먹어 본 적도 없었다. 그저 공상에 골독汩篤(골몰)했고 부상에 얽매었던 것이다.

오늘은 어쩐지 꼭 보고 싶다. 바로 창 밑에는 안성맞춤으로 스팀의 라디에이터가 놓여 있지 않은가. 창문 턱을 붙들고 아픈 다리를 구부려서 라디에이터 위에 올라서면서 뒤를 돌아다보았으나 감시병은 도어에 가렸는지 보이지 않는다.

라디에이터로 통하는 파이프에 알맞게 달린 편철을 의자 삼아 걸터앉았다. 창 밖에는 다시 한 겹 판장板墻이 둘러 있으나 그 판자 살 사이로 불편하나마 외계를 엿볼 수 있다. 판장 밖이 바로 5미터 가량의 골목길이요, 그 건너는 침침한 벽돌집 중국 사람 거리며 좌우 창문 설주에 시야는 좁으나 멀리 시청 지붕 꼭대기도 보인다.

중국 여인의 목소리는 여전히 들려오는데 떠드는 주인공의 모습은 채 보이지 않고 모여 섰던 구경꾼들 몇 사람의 뒷그림자만이 보인다. 그제 내가 빵을 권했을 적에 무뚝뚝히 대해 주던 감시병도 끼어 있다. 이윽고 구경거리가 끝났는지 모여 섰던 사람도 헤어지고 여인의 목소리도 잠잠해졌다.

노타이에 파나마모자를 쓴 중년신사가 지나간다. 학생풍의 젊은 여자 두세 명이 지나간다. 빈 지게를 외어깨에 걸친 노동자가 지나간다. 월남하여 아직 직업을 잡지 못한 신세인 것 같은 청년 한 명이 덥수룩한 머리에 찌푸린 얼굴로 지나간다. 발을 졸라맨 중국 노파가 아장걸음으로 지나간다. 가까이 들리는 엿장수 가위 소리 나는 편으로 유아 두 명이 제각기 빈 맥주병 하나씩을 손에 들고 달려간다. 아마 지금까지 어린애들 재재거리던 곳도 이 골목길이었나 보다. 채소 광주리를 인 농촌 부인도 지나간다. 무엇이 든 것인지 때 묻은 레이션통을 육중스럽게 실은 자전거가 종을 울리며 지나간다. 얼른 얼른 판자 틈으로 나타났다 사라지는 그 표정 하나하나가 인상적이다. 그렇게 진기할 것도 없는 평범한 왕래의 풍정을 한참동안이나 정신없이 바라보고 있었다.

인기척에 놀래어 반사적으로 뒤를 돌아다보았다. 감시병이 빙그레 웃으면서 서있지 않는가. 나는 "미안합니다" 사죄를 하고 라디에이터로부터 내려왔다. 두 다리를 V자로 뻗고 벽에 기대어 앉아서 담배를 피워 가며 창밖의 인상을 회상하였다.

판장 하나를 사이에 두고 영어의 세계와 자유의 세계를 달리하고 있구나. 오고 가는 사람들은 한없이 움직일 수 있고 마음대로 머무를 수 있는 자유를 가진 사람들이다. 자유! 그것보다 더 큰 행복이 또 어디 있으랴. 그들은 항상 명랑한 생활을 영위하는 사람들일 것이며 희열의 분위기 속에 안식하는 사람들일 것이다.

그러나 그 사람들의 얼굴에서는 명랑한 표정보다 우울한 표정을 더 많이 발견했다. 자유로운 세계에서만 살기 때문에 자유가 그리움을 모르고 자유의 행복감을 잊은 것일까. 사색해 보건대 그렇다고만 할 수는 없을 것 같다. 육신의 자유와 육신의 구속의 차별만을 가지고 자유 전체의 의의를 규정지을 수는 없을 것이다.

불과 몇 평의 틀 안에 제한된 이 감방 속에서도 무한계의 마음의 세계가 있는 것과 같이 무한계로 개방된 판장 밖 그 자유의 세계에도 속박 받는 마음의 경지가 있는 것이 아닌가.

금력에 못 이겨서 자존심이 억눌리는 것도 마음의 구속일 것이요, 권세에 밀려서 억울함을 당하는 것도 마음의 구속일 것이요, 체면에 얽매어서 할 말을 못 하는 것도 마음의 구속일 것이요, 남을 속여 놓고 자기 혼자 번민하는 것도 마음의 구속이 아닐 것인가.

이렇게 자유 부자유며 행과 불행이 무릇 관념 나름에 있다면 이 감방 속일망정 호대浩大한 마음의 세계를 그 누가 제어할 수 있으랴. 생의 미련에서 해탈된 이 마음에 무슨 구애될 것이 있으며, 진리를 탐구하는 이 마음에 무슨 어두움이 있으며, 정사靜思 깃들인 이 마음에 무슨 초조함인들 있으랴.

육신의 구속이란 극소 부분의 불행이라고 관념하여 버린다면 육신의 자유 또한 많은 불행과 죄를 숨길 수 있는 엄폐물이라고 규정지을 수도 있을 것이 아닌가. 그것은 보이지 않는 배신의 죄, 보이지 않는 모략의 죄, 보이지 않는 위선의 죄가 자행되고 있는 것이 이 사회이기 때문이다.

비록 백일白日은 멀고 땀내는 풍기는 이곳일망정 반성의 미도 있을 수 있을 것이며, 참회의 미도 있을 수 있을 것이며, 탐구의 미도 있을 수 있는 이 감방이다.

환멸幻滅의 비애 있는 곳에 어찌 완전한 행복이 있을 것이며 갱생의 자부 있는 곳에 어찌 고통만이 고착되랴.

마음의 세계마저 명랑하여야 환경의 자유가 자유일 것이요, 마음의 세계까지 어두워야 감옥이 그대로 감옥일 것이다.

감방 안 벽에는 몇 사람이 쓰고 간 것인지 글씨 각각, 글 각각 낙서가 그려져 있는데 그 어지러운 가운데서도 똑똑히 한 문구를 발견해 낼 수가 있다.

왈, '恨 많은 靑春을 怨 많은 籠 중에서 썩히노라. 1949. 4. 8 KSS'

그 KSS라는 사람은 대체 무슨 죄를 짓고 들렀다 갔는지 그 사람이야말로 완전한 감옥살이를 했구나.

멀리 사발여객기四發旅客機 같은 프로펠러 소리가 들린다. 창공을 훨훨 나는 저 비행기에는 마음의 수인이 몇 명이나 탔는고….

오늘은 군의관도 안 나오고 R소위도 아직 한 번 나타나지 않았다.

점심시간이 다 되었을 무렵 헌병이 면회 안내를 왔다.

"면회입니다. 2층 면회실로 올라오시지요."

"여자예요?"

나는 또 처가 온 것이 아닌가 해서 따져 물었다.

남자 여러 사람이다? 머리에 떠오른 이 사람 저 사람을 상상하면서 헌병의 뒤를 따라 2층으로 올라갔다. 문을 들어서자 여기저기 의자에 앉았던 예닐곱 명이 이쪽을 향하여 일제히 일어선다.

동서 경신 군을 비롯한 구 서청 동지들이다. 서로 미소 띤 얼굴로 낱낱이 악수를 교환했다.

"여러 가지로 걱정을 끼쳐서 미안합니다."

"얼마나 고생스럽소? 문안의 말밖에 없소."

첫 번 주고받는 인사의 말은 지극히 간단했다. 그럴 수밖에. 나는 나대로 할 말을 발견 못 했고, 그들은 그들대로 장소의 사정에 어두웠기 때문이다.

나는 빙그레 웃는 얼굴로 답례를 삼으려 반월형으로 둘러선 얼굴들을 둘러보았다.

6척 키다리 B형, 입 삐뚤이 S형, 만년쾌걸 K형, 기분파 T형, 예술인 타입 H군, 과학자 타입 N군, 외교관 타입 J형. 참말로 의기투합되는 동지들의 정다운 모습들이다.

"세상을 소란케 해서 면목이 없습니다."

"그런 번거로운 소리는 할 것 없이 어디 몸은 괜찮나?"

K형이 그 '헤드라이트' 같은 큰 눈을 번뜩거리며 내 머리의 붕대를 어루만져 준다.

"괜티아나 괜티아나. 세상엔 다 천치만 사는가. 귀두 있고 눈두 있다. 그 전보다 도리어 몸이 도와딘 것 같은데 얼굴이 히여딘 게, 붕대만 벗으면 미남이다야 그러티 안네야."

S형이 그 유명한 평안도 사투리를 써가며 동의를 구하는 듯이 N군의 옆구리를 색안경 든 손으로 꾹 찌른다. 일동은 하하 웃었다. 옥이라는 것을 잊어버리고 옛날 서청 시대로 돌아간 것 같다.

J형이 들고 온 보자기를 끌러 놓고 그 둥글둥글한 얼굴에 웃음을 띠며 약장수 조로 '요건 심심초고, 요곤 심심먹이고…' 하면서 주워섬긴다. 양담배가 한 보루, 생과자가 한 봉지, 초콜릿이 한 갑, 사과가 한 구럭―

　"당분간 면회가 힘들 거라고만 생각하고 찾아올 염을 못 했는데 경신 동지의 말을 들으니 아주머니께서 왔다 갔다지 않어. 그래서 만난 사람끼리 가 보자 하고 온 거야."

　B형이 일행을 대표하는 듯이 이야기를 꺼낸다.

　"그런데 최두희崔斗熙라면서?"

　N군이 사건 당일 감상담感想談의 실마리를 푼다.

　"신문 이야기인가? 나는 그날 을지로 국도극장에 어떤 친구하고 둘이서 구경을 갔었는데 구경이 끝나고 문간을 나서니까 여러 사람들이 웅성거리며 모여서서 무엇을 보고 있지 않아? 보니까 신문 호외가 아니야. '金九 翁 京橋莊에서 軍服怪漢에게 被襲絶命 犯人은 某 砲兵將校인 듯' 이런 제목이란 말이야. 포병 장교라는 데에 관심이 심상치 않거든. 무어라도 형언하면 좋을까, 괜히 마음이 바빠서 본문도 보지 못하고 친구를 재촉하여 총총걸음으로 집으로 돌아가 댔는데 도중에 신문 벽보를 보니까 지금 네 말대루 최두희가 아니야. 성은 최가지만 포병장교요, 이름은 두희라. 그래 안두희 너나부다 추측했지."

　H군이 당일 소연스럽던 가두풍경을 이야기하면서 N군의 말을

받았다. 모두들 이날이 일요일이었던 관계로 혹은 한강에서 혹은 창경원에서 장소 각각 시간 각각 제마큼(저마다) 악연愕然(놀람)한 그때의 심경 이야기를 주고받으면서도 입회 헌병을 꺼려서인지 사건의 핵심으로 화제가 발전되는 것을 조심하는 눈치였다.

이리하여 화제는 바뀌어 구 서청 동지들의 안부와 군대 동료들의 소식이며 항간의 잡보들을 들려준다.

그 중에서도 나와 육사 동기생이며 구 서청 종로지부 감찰부장이었던 박동환朴東煥 소위가 지리산 지구에서 전사하였다는 것은 처음 듣는 놀라운 뉴스였다. 나는 여러 사람들의 이야기를 한 귀로 들으며 그 과묵하면서도 유머러스한 박 군의 풍모를 이모저모 머릿속에 그려 보았다. 나 혼자 마음속으로 명복을 빌면서….

이럭저럭 20분 남짓 시간이 갔다. B형이 팔목시계를 들여다보면서,

"자아 이만하고 작별하지요, 그러면 안 동지 몸 평안히…"

좌중을 재촉하면서 자리에서 일어선다.

"자아 그러면 또다시."

한 사람 한 사람 굳은 악수를 교환하고 그들 틈에 끼어 층층대를 내려왔다.

동지들을 층층대 밑 복도에서 작별하고 섭섭한 기분으로 감방으로 돌아왔다.

감시병 B하사는 내 손에 든 보자기를 보고 농담조로

"장교님, 뭐가 두둑합니다그려. 근사한 선물인 모양인데요."

"암, 갑작부자가 됐소. 보물 보따리요."

나는 경쾌한 기분으로 보자기를 끌러서 담배 한 갑, 초콜릿 두 개, 생과자며 골고루 갈라서 한 몫은 B하사에게 주고 다른 한 몫은 R하사에게 전해 주기를 부탁했다. 며칠 전 일요일 상번이던 그 무뚝뚝한 감시병과는 달리 "이거 원 미안합니다. 되려 제가…."

B하사는 좋다는 듯이 싱글벙글하면서 받아 안는다.

해가 지고 나니 바람도 약간 가벼워지는 것 같다. B하사가 갖다 주는 비누를 빌어 가지고 여러 날 만에 냉수욕을 했다. 시원한 기분에 모기의 침노도 잊어버리고 일찍 잠이 들었다.

7월 13일(수요일) 맑음

아침 열 시 무렵 군의관이 왔다.

이놈의 붕대를 언제나 떼나. 나는 궁금증에 못 이겨 "선생님, 아직도 치료가 여러 날 걸릴까요?" 하고 물었다.

군의관은 아무 대답 없이 의무병의 붕대 푸는 것이 끝나기를 기다려 환부를 여기저기 만져 보더니 유머러스한 목소리로 "붕대형纏帶刑은 오늘로서 만기요" 하고 선고를 내리고는 "오랫동안 지루하셨지요?" 하며 유쾌한 듯이 웃는다. 나도 속 시원한 김에 "고맙습니다" 의미 모를 인사를 하며 따라 웃었다.

아닌 게 아니라 지난 17일간이란 실로 지루한 형기였었다. 풀어 놓은 붕대 뭉치에는 아직도 경교장의 살기가 그대로 스미어 있는 듯 무슨 마물魔物과도 같이 보인다.

거뜬한 머리가 금방 천 근 무게의 탈이라도 벗은 듯하다.

머리 밑과 얼굴 부위의 상처를 더듬어 보았다. 후두부에는 길이 한 치 가량의 귀갑龜甲같이 두툼한 더께가 앉았고 왼편 뺨에도 널따랗게 엷은 더께가 붙어 있다.

주사기 갑을 거울삼아 얼굴을 비춰 보니 백어白魚 같은 얼굴 바탕에 제멋대로 자란 수염, 왼뺨에 갈색 더께, 빗질 못한 부스스한 머리, 이 꼴이란 내 자신도 요절할 지경이다.

군의관을 보내고 난 뒤에도 장난삼아 상처를 만졌다. 눈이 감기는 가벼운 쇼크는 아픈 맛이 아니라 쾌감에 가까운 감촉이다.

오래간만에 김학규의 취조를 담당한 헌병 장교가 증인심문을 하러 왔다.

김학규, 홍종만, 나 세 사람이 수차 놀러갔던 종로 은근짜 요리집 장면에 대한 자세한 내용을 묻는 것이다.

심문의 골자가 그리 복잡한 것이 아니었고 조서를 꾸미는 도중 여담 삼아 주고받는 현하 국내외 정치 정세에 대한 이야기에 시간 가는 줄을 몰랐다.

듣던 중에서도 반가운 소식은 그 여섯 의원과 김약수의 죄상이 드디어 명백히 드러나 불일不日(내) 송청送廳케 되었고 그 나머지 오 변호사도 연계 기소될 형편이며, 소장파를 중심으로 본 사건은 앞으로 더욱 확대될 것으로 보인다고 한다.

이와 같이 김구 선생 서거의 여파이며, 국회 내 불순분자의 숙청 사실 등 접종接踵(연이어서 일어나는)하는 여러 가지 충동은 바야흐로 국내 국외의 모든 정세를 급격히 변환시켜 이에 미국의 대한 정책이 불시에 반전되어 지난번 거부했던 1억 5000만 불 원조 계획을 재심케 되었고, 태평양동맹 문제도 이 대통령께서 제창하신 바대로 단원團圓(대단원)의 서광이 비치어졌으며, 또 최근에 이르러서는 국내 민족 진영의 결속이 태동되는 등 자못 명랑한 신국면이 전개되고 있다 한다.

반갑다! 우려되는 국가 장래를 위하여 참으로 경하스러운 일이다.

군대를 걷어 가고 원조안을 철회시킬 때 미국의 여론은 어떠하였던가. 한국군은 김구 씨 개인의 군대라고 야유했고, 대對 한국군 원조의 실상은 중국 국민당 패주 당시의 장개석 군대 원조의 전철을 밟는 것이라고까지 혹평을 퍼부었던 것이 아닌가.

태평양동맹 문제가 오늘에 와서 성숙의 징후를 보이게 되었다는 것도 우리의 국제적인 위신의 반영일 것이며, 국내 정계의 동향 또한 우연의 증좌는 아닐 것이다.

어떤 해외 신문은 사설에서 논평하기를 '오늘의 한국은 어제의 한국이 아니다. 하루 사이에 정세는 일전一轉된 것이니 미국의 대한국 정책도 재검토되어야 할 것이다'라고 새로운 인식을 강조하였다 하니, 이 한 마디로써 우방은 지금까지 우리 동태를 얼마나 어린애 불장난같이 위험시하였다는 것을 알 수 있다.

'민족대동단결운동'은 현하 우리들의 당면 과업 중 가장 큰 과업의 하나임에도 불구하고 정국은 좀처럼 불연속선을 제거치 못하여 이 대통령께서 게양揭揚하신 일민주의一民主義 이념의 기치도 제대로 기폭을 펴보지 못하였던 것이니 한독당이 몰락 과정에 임한 오늘, 점차 암운은 걷힐지라도 아직 그 잔재의 독소를 불식하기에는 시간을 요하리라고 생각된다.

이러한 모든 현상이 일개 무명 청년인 나의 투석에 의한 파문의 영향일진 데는 김구 선생의 정치적인 존재야말로 어찌 국내적인 의의에서만 그치랴.

그렇다면 나에게 쥐어진 시역의 고배는 모름지기 인의人意(민심)만은 아니었던 것이 아닐까?

헌병 장교가 가고 난 뒤에도 내방한 R중령과 더불어 오랫동안 이런 이야기를 교환했다.

이제는 여론도 어느 정도 통일되어 가고 나의 사건도 앞으로 공판의 고비를 치르는 동안이면 항간의 구구한 오해와 시끄러운 잡음도 해소되리라고 관측되는 것이라 한다.

R중령이 담배를 주고 갔다. 내게 담배 재고가 있는 줄을 알면서도 호주머니에 넣어 두었던 새 갑 하나를 끄집어내어 놓고 갔다. 마음씨가 고마웠다. 지금 나에게는 담배만이 유일무이한 지기의 벗이다.

심심할 때 한 모금 들이키면 마음의 공허가 메워지는 것 같고, 우울할 때 한 모금 들이키면 번민의 불길이 스러지는 것 같다.

뭉개 연기 속에는 시상詩想이 피어오르고, 고리(環) 연기 속에는 유머가 맴돈다.

내가 지난날 담배 맛을 갓 보인(알게 된) 시절의 일이다. 당시 어떤 일본 사람이 지은 노래를 외워 가지고 한또래의 친구들끼리 합창을 하며 떠들던 기억이 난다. 그것을 우리말로 직역하면 이렇다.

뿜어라 담배연기 하늘까지 뿜어라

어차피 이 세상은 연막 속일세

연기로다 연기요 모두 연기여

이것저것 할 것 없이 죄다 연기여

이 가요가 지금 내 심경에 알맞은 글이라고는 할 수 없으나 하여튼 철저한 끽연당喫煙黨의 글인 것은 사실이다.

담배 철학이 아니라 초상집 마작판 굴뚝 같은 연기야 어찌 좋다 하련만 여름날 논두렁 수양버들 그늘 밑에 점심 광주리를 물리고 난 농부들의 담소 속에 피어오르는 담배연기의 정서며, 배(두 배, 갑절) 바쁜 잔무를 부랴부랴 정리하고 허둥지둥 올라탄 기차의 여창旅窓가에서 잊었던 듯이 호주머니를 찾을 때의 담배 맛이란 어떻다 형용하랴.

어제 하루 일로 대번에 맛을 들인 라디에이터 위에 올라앉아서 망연히 판자 틈을 바라보며 담배연기를 내뿜었다.

저녁 무렵이다. 난데없이 O소위가 감방으로 찾아왔다.

"야아, 이거 웬일인가."

서로 와락 달려들어 껴안았다. O소위는 이 부대 소속이다.

"X지구에 출장 갔다가 네 소식을 듣고 지금 돌아오는 길에 딴데 들르지도 못하고 곧장 달려왔다."

O소위의 웃는 얼굴에는 눈물이 어렸다.

그와 나는 육군사관학교 동기생으로서 같은 내무반에서 같이 기거하면서 친해진 동료이며 지기상합志氣相合하는 막역의 벗이다. 그러나 이 처지에 놓인 나를 이렇듯 극적 기분으로 만나 줄 줄은 몰랐다. 생각하면 졸업식날 메별袂別의 정을 아끼면서도 한마음 한뜻으로 헤어진 200 동지, 각각 소재를 달리하여 다시 만나지 못한 이가 대부분이며 벌써 유명을 달리한 사람도 있으나 이런 나의 소식에 얼마나들 놀랐을 것이며 구회舊懷를 이기지 못하는 심정 어찌 O소위 한 사람뿐이랴. 미안스러우면서도 생전에 다시는 만나지 못할 것을 생각하니 서글프다.

"K군은 지금 일선 근무 중인데 벌써 중위님이시래."

Y군, H군, B군 등의 소식으로부터 화제는 아기자기한 육사 시대의 추억으로 돌아갔다.

나는 동기생 중에서도 연배年輩 축이었으나 무사無邪 명랑한 데는 서로 백중伯仲의 차도 두지 않는 생활이었으며 개성은 각각이겠지만 동일한 의욕 밑에 자라는 허식 없는 사회였다.

아롱진 옛 꿈에 감방임을 잊고 오랫동안 떠들었다. O소위는 별도 명령이 있을 때까지 당분간 이 건물 내에 있게 되리라 하나 어쩐지 보내기가 섭섭하다.

저녁은 몹시 무덥다. 게다가 예외로 모기의 공습이 심하고 벼룩의 지상 공격도 치열하다. 오늘밤은 어떻게 지나노. 감시병의 부채를 빌렸다.

7월 14일(목요일) 흐림

아침 R소위가 여러 날 만에 찾아와서 잡담을 하다가 신문 한 장을 두고 갔다. 참으로 진귀한 선물이다. 펴든 신문 장은 지면 그 대로가 황홀하기가 스크린 같다.

1면에는 미국의 1억 5000만 불 대한 원조 계획이 상원 외교 위원회에서 통과되었다는 특보가 굵다란 활자로 톱을 차지하였고, 그 다음 쿠바 국으로부터 우리 한국 정부를 정식으로 승인하였다는 희보며 태평양동맹 추진에 관한 속보 등이 전면을 장식하였다.

2면에는 순국열사 이준李儁 선생의 43주기를 알리는 기사가 숙연히 자리를 잡고 있으며, 선생의 장렬한 최후의 장면과 혼담魂膽을 빼앗긴 만국회의 대표들의 표정을 그린 당시의 뉴스와 함께 오늘날 온 겨레가 바치는 추념의 정성이 경건하게 실려 있다.

나는 희비가 전후면으로 교차되는 신문지 장을 흥분과 애적哀寂 속에 몇 번인가 재독하였다.

국사봉의 전투 양상은 무엇을 의미하였던 것이며, 또 그 동안 반삭의 변국變局은 무엇을 시현함인고….

김구 선생은 가시고 객관 정세는 반전되었다. 우리들의 단결을 내적으로 분열시키고 우리들의 처지를 국제적으로 고립시키려던 음흉한 마수는 다음 단계에는 또 무엇을 제시할 것인지.

우리는 우리의 선조 충무공의 충용도 계승하여야겠지만 이웃 스승 제갈량의 권모술수도 배워야 할 것이다. 자가당착에 고루固陋할 때가 아니요, 원만히 기대만 할 때가 아니다. 남의 힘을 빌되 내 힘으로 써야 할 것이며 하나를 놓치되 열 잡을 줄을 알아야 할 것이다.

태평양동맹 추진은 장차 어떠한 결실을 보게 될 것인가. 우리 노老 대통령의 건강과 정기에 항상 천의天意 함께 하심을 비는 바이다.

오늘은 이준 선생이 기일이시다. 선생의 순국사를 이제야 아는 것도 아니요, 기일을 기념함도 오늘이 처음이 아니지만 어쩐지 애모의 감회가 새삼스러이 골수에 사무치는 듯하다.

나는 신문을 덮어 놓고 정좌명목正坐暝目하였다.

'선생님이시여. 선생님의 존안을 뵈옵지 못한 후세의 자손이오나 집집에 걸린 족자(구학절어춘망우求學切於春望雨 지심항여야문뢰持心恒如夜聞雷*) 자자字字에 어린 의기 호흔毫痕만 바라옵기에도 추모의 애감哀感 가슴에 벅차나이다.(*배움의 길을 구하는 것은 봄비를 바라는 것보다 간절하고 그 마음가짐은 언제나 밤에 우레를 듣는 것과 같다.)

망국의 비분을 품으시고 수만리 이역 해아海牙(헤이그)의 고

토孤土에 잠드신 후 어언간 성상을 거듭하옵기 마흔세 돌. 천의天
意 버림 없사와 유수有數의 암야闇夜는 물러가옵고 바야흐로 새
아침이 밝아오나이다.

님이여, 그대께서 뿜으신 뜨거운 피는 3천만의 가슴에 점점이
스미사옵고 그대께서 울부짖으신 단장의 유훈 지금 더욱 젊은 저
희의 정신 속에 생생하나이다.'

선생은 타계에서 다시금 고종 임금을 모시고 계시리라. 또 수
구讎仇 이등박문도 만났으리라. 천추에 남기실 한을 지하에서나
푸셨는지. 나도 머지않아 선생을 뵈오리—

희미한 전등과 몽롱한 담배연기 속에 선생께서 해아 만국회의
단상에서 할복하시던 처절한 광경을 그려 보면서 다시금 그 고고
하신 충령의 명복을 빌었다.

밤은 깊어 갈수록 고요하다.

7월 15일(금요일) 맑음

꿈이었다. 눈이 뜨이니 외로운 전등 밑에 천고의 적막만이 깃들인 옥방의 밤 그대로다. 무서운 꿈이었다.

인후咽喉의 근육은 신음에 긴장된 채 아직도 풀리지 않았다. 고문에 지친 사지는 꼼짝하기가 싫으며 전신은 땀에 떴다(젖었다).

기분 돌기를 기다려 머리맡에 놓인 수건을 당기어 가지고 땀을 씻으며 몸을 돌이켜 누웠다. 참으로 괴상한 꿈이다.

꿈의 현장이었던 용암포 과수원을 묘사하기 위하여 8.15 해방 전후의 역사부터 더듬어 가며 꿈 이야기를 적기로 하자.

내가 중국으로부터 가족을 거느리고 귀국한 것은 (단기) 4278년(1945년) 1월이었는데 그때 나는 중국을 떠나 버릴 작정으로 왔던 것이 아니고, 오래간만이라 잠깐 큰집에 다녀가려 왔던 것이 그만 전국戰局의 급격한 변화로 말미암아 귀환을 단념하고 말았던 것이다.

물론 재산은 전부를 그대로 중국에 남겨 두었고 이번 귀국 차에 가지고 왔다고 해야 여행에 알맞게 몸에 지녔던 귀중품 몇 가지뿐이었기 때문에 재산을 건지기 위하여 단신으로 다시금 살던 곳을 찾아 들어갔다.

그러나 때는 벌써 재산의 외지 반출을 금지하는 동결령이 내린

뒤라 헛되이 북경, 천진 등지를 헤매다가 끝내 이반移搬의 길을 얻지 못하고 할 수 없이 재산을 정리한 금액 전부를 믿을 만하다 하여 천진에 있는 김 모라는 친구에게 맡겨 두고 귀국하였다.

그러나 얼마 안 되어 해방이 되고 재산을 맡아 두었던 김 모는 전범자로 몰려 현지에서 죽어 버렸다 하니 나의 직계 가족은 문자 그대로 거의 적수赤手(빈손, 맨손)에 가까운 신세에 놓이고 말았다.

당시 나에게는 일찍 부친으로부터 분배받은 전답이 용암포에 있었다. 해방 직전에 보국대의 징용을 면하기 위하여 군청 고원雇員(일제시대 관공서의 정식 직원이 아닌 보조직. 지금의 비정규직) 노릇을 하면서부터 자리 잡은 곳이 즉 이 재산의 연고지인 용암포였었다.

시대는 바뀌어 적구들이 도량跳梁하기 시작하면서부터 나는 은근히 월남에 뜻을 두고 바로 토지개혁 직전 이 토지를 팔기로 했다.

일찍 아버지께서는 슬하의 자식들에게 각자 독립 생계의 토대가 될 수 있는 정도로 미리 소지 재산을 분배하여 연령의 장유에 차별 없이 직시直時로 각각 재산권을 확정지었다. 내가 자기 몫으로 이 토지를 분배 받은 것은 중학교 4학년 재학 당시의 일로서 그 후부터는 학자금은 물론 약값에 이르기까지 나를 위한 비용은 낱낱이 이 토지 수입 회계에서 지변支辨케 되는 것이었는데 이렇듯 정책은 아무리 부절符節 같다 할지라도 오랫동안 일본, 중국으로 돌아다니다가 아무 관심 없이 돌아온 나에게 아버지와 더불어 이 토지를 관리하여 온 형님께서 그 10년간의 수지 계산서를 제시하면서 또박또박 잔금까지 밝혀서 쥐어 주는 데는 놀라지 않을 수 없었다.

이런 유래의 토지를 팔게 되매 아버지와 형님의 심정은 어떠하였으랴. 아버지는 나를 불효자식이라 꾸짖었고, 형님은 나를 탕아라 규정지었다.

그러나 생각한 바를 꺾지 않고 용암포 시내에 있는 3000평의 과수원과 20만 원의 현금을 받고 이 공지工地를 팔아 버렸다.

이리 하여 토지를 처분하는 데까지는 용기를 내었으나 월남(현금 20만 원을 가지고)의 단행만은 끝내 단념하고 아버지의 눈물의 만류를 이기지 못하여 하는 수 없이 새로 마련된 과수원을 안주지로 삼게 되었던 것이다.

이 과수원의 명의 이전 수속이 끝난 지 며칠 후에 토지개혁이 실시되었으나 과수원만은 이 강탈령을 모면하였으며 당시 북한 동포들은 38선의 철폐가 목첩지간目睫之間에 달린 줄로 생각하고 삼사 개월 내에 이남의 구원군이 입북할 것처럼 희망적인 밀담을 주고받던 심정들이라 토지개혁이니 무엇이니 하는 것은 일장악몽一場惡夢으로 돌리고 있었다. 아버지도 이런 희망에서 굳이 나의 기분의 진정鎭定을 종용하여 왔음으로 나는 할 수 없이 쥐었던 현금 20만 원을 던져 가지고 이 과수원 내에 현대식 아담한 주택을 짓기로 했다.

이 과수원은 도심 지대에 위치하면서도 우거진 아카시아 울타리 사이로 가옥이 둘러 막혀 있어 경내에 들어오기만 하면 도회지와는 원격遠隔된 별장 지대의 감이 든다. 여기다가 환경에 조화되는 집까지 서고 보니 인근의 찬사대로 정말 도원경이었다.

그러나 입주한 지 불과 반년에 시불리혜時不利兮의 한을 남기고 적도赤徒의 손에 방기하고 떠나게 되었으며 가옥 신축비의 무리로 밀려온 부채 단련은 극도에 달했고, 적도들의 압박과 감시는 촌보寸步를 옮길 수 없는 경지에 함입陷入하였던 것이다.

—꿈의 장소는 이 과수원이었고 때는 월남 직전 극도로 곤란스럽던 그 무렵이다—

때는 봄날. 우물가 장미 포기 아래에 '셰퍼드'가 재롱하고 있고, 우물 저 편 과수밭에 새파란 마늘 싹이 뾰족뾰족 하늘을 가리키고 있다. 나는 신의주로 보낸 비밀결사 연락원이 돌아오기를 기다리며 양지쪽 마루 끝에서 농구農具를 손질하고 있었다.

신의주 간 사람은 공용 이외에 집에 저녁먹이가 없는 것을 보고 간 식량 조달의 책임자이기도 하다. 종일 해를 기다려도 오지 않는다. 애들은 밥 달라고 졸라대고, 빚쟁이는 자리를 뜨지 않고 더욱이나 비밀 사명을 띤 신상에 대한 걱정까지 있어 짜증이 날 대로 났을 때 날이 다 저물어서야 겨우 돌아왔다.

도중에 무슨 사고나 있지 않았나 하면서도 홧김에 늦은 소이부터 따지려 들었다. 그러나 그는 아무 대답이 없었다. 나는 놀랐다. 사람은 그 사람인데 기색은 아주 딴판이 아닌가. 눈이 이상스럽게 빛나는 것이 금방 무슨 살인죄라도 저지른 사람과 같이 멍하니 넋이 없어 보였다. 나도 말이 막혔다.

이윽고 그는 슬그머니 나의 손을 당기며 무엇인가 쥐어준다. 밤빛에도 광채가 찬란한 금시계다. 대체 어떻게 된 물건일까. 직각적으로 범죄의 것임을 짐작할 수 있었다. 이 시계를 처분하여 급한 용처에 충당하라는 말인가. 나는 이 생각이 벌써 죄와의 영합이라고 생각하면서도 그 시계와 그의 얼굴과 비인 쌀독을 번갈아보다가 그의 의견을 묻는 듯이 시선을 맞대었다. 그는 악마같이 변태된 얼굴로 유혹의 웃음을 웃는 것이다. 나는 마술에 걸린 사람처럼 이성을 찾지 못한 채 시계포로 줄달음을 치고 만 것이다. 나는 이 한 번 일로써 정신적인 포로가 되어 악의 행위에 추종자가 되고 말았다. 언제든지 명령대로 어김없이 밀회 장소로 찾아가곤 하였다.

그렇던 어느 날 그는 상기된 얼굴로 달려와서 '지금까지 우리들의 저지른 죄상이 탄로 직전에 있으니 빨리 상전上殿 앞에 가서 사전에 죄를 고백하고 심사를 받은 후에 등록을 하여야 한다'고

동행을 재촉하며, 등록만 하게 되면 일생에 호화로운 생활을 누릴 수 있다고 서두르는 것이었다. 그러지 않아도 현재의 죄행에서 발을 뽑으려든 차인데, 만약 죄를 고백치 않고 벌을 받게 되는 날이면 지금 내 과수원도, 집도, 우물도, 정원도, 돼지도, 셰퍼드도, 닭도, 화단도 없어지고 가족도 잃는다 하니 아니 갈 수 없다.

그를 따라나섰다. 눈보라치는 캄캄한 밤길, 산을 넘고 물을 건너서 어떤 궁궐 같은 집에 다다랐다. 괴상한 차림의 보초병이 서 있는 대문으로 들어가 접수처에서 까다로운 절차를 치르고 상전이라는 사람 앞에 나아갔다. 상전이라는 사람은 키가 크고 몸집이 굉장히 뚱뚱한 여든 살 가량 되어 보이는 노인으로서 흉악한 몸차림에 어울리는 영독獰毒스러운 얼굴을 한 괴물이다.

심사 요령은 내가 생후 오늘까지에 행하여 온 행위 중에서 '선善'에 속하는 행위라는 행위는 죄다 뽑아서 그 하나하나를 심사 확인 후 일일이 등록부에 자인 서명을 행하되 나의 일생에서 이 선을 말살시키기 위하여 선의 항목이 많으면 많을수록 고행은 더욱 심하여 이 절차가 끝난 다음에야 비로소 인부印符를 받게 되는데, 이 인부를 받는 날이면 다시는 선을 행할 수 없음과 동시에 어떤 악이든지 마음대로 행할 수 있다는 것이다.

그러면 품고 온 나의 생각과는 정반대가 아니냐. 치가 떨리는 노릇이다. 어떤 수단을 써서라도 도로 그곳을 빠져나오고 싶었으나 이미 때는 늦은 것이다. 모든 것을 단념하고 심사대에 올랐다.

정면에 장치된 스크린과 발성기를 통하여 과거 30년간 내가 행하여 온 선한 행위와 양심적인 행동이라고 생각되어지는 장면이 연대순으로 차례차례 현실을 보는 것과 같이 나타나고, 그 장면마다 간단한 해설로써 이것이 '선'이라는 것을 규정짓고 나에게 확인을 요구하는 것이다.

나는 그 장면마다 고행을 면하려고 선이 아니라고 부인하여 보았으나 소용이 없었다. 고문 끝에 할 수 없이 확인장에 서명날인하고 다시금 무서운 고행을 치르고야 말았다. 이 고문이며 고행이란 실로 꿈이 아니었으면 볼 수도 없었을 전율할 참형이었다. 주리를 틀고, 한 자 가량 혀를 뽑기도 하며 시뻘건 부젓가락으로 쑤시기도 하고 차마 눈을 뜨고 볼 수 없는 악마의 행동 그것이다. 이것을 한 장면 한 장면 빼놓지 않고 되풀이하는 것이다.

내가 열두 살 때 억울하게 매를 맞고 있는 학우를 위하여 우악스러운 가해자와 격투하던 장면. 보통학교 운동회장에서 주운 10전짜리 백동전을 선생님에게 바치고 있는 장면. 일본에서 중국에서 여러 가지 선행하는 장면, 공개석상에서 반공 연설을 하고 있는 장면 등이 나타났고, 기이하게도 시간관념이 전도되어 월남 후 서울에서 행한 장면도 나타났으며, 서청 시대의 장면, 육사 시대의 장면.

악형에 못 이겨 정신을 잃었다가 다시 눈을 떠보니 동반하였던 연락원은 간 데 없고 악귀 같은 기괴한 인간들만이 나를 둘러싸고 행형行刑을 돕고 있었다.

그 다음에는 어떤 요정料亭에서 가족들과 요리를 먹고 있는 장면이 나타났다. 이것은 나의 기억에는 전혀 없는 일이었으나 항의도 못 하고 보고만 있는 도중 장면은 바뀌어 가족들은 없어지고 난데없는 왜놈들과 합석이 되었는데 여기에는 죽은 두산만頭山滿, 백천대장白川大將, 중광주중대사重光駐中大使 등이 나타났고 이것이 다시 김학규, 홍종만 등으로 변화하여 정담政談 중인 것으로 끝났다. 이것은 얼토당토않은 장면이었지만 서슴지 않고 선이라고 시인해 버렸다.

최후의 장면이라 하여 나타난 것은 6월 26일 경교장의 광경이다.

김구 선생을 찾아갈 때부터 저격하는 장면까지에 추호도 빠짐없는 현실 그대로이다. 나는 전신에 기름땀을 흘려가며 이것을 보고 있었다. 이것을 보고 있는 것부터가 악형惡刑 중의 악형이다.

나중에 내가 쏜 첫 탄환이 선생에게 맞았을 때 선생께서 두 팔을 벌리시고 호후呼吼하시는 그 모습, 번개 같으신 그 안광.

나는 차마 보지 못하여 두 손으로 눈을 가리고 쓰러졌다. 최후의 장면이 끝난 다음 시졸侍卒들의 주의를 받고 정신 차려 단상을 쳐다보았다. 상전이라는 그 노인의 모습은 김구 선생으로 변하였던 것이다. 김구 선생인 심사관은 전례대로 지금 본 장면이 선이냐 악이냐를 따진다. 이번에는 말하고 싶은 본능대로 악이라고 대답했다.

　김구 선생은 이것도 선이라고 규정을 내리시면서 고문을 명하신다. 그러나 나는 어떤 일이 있더라도 다른 문제와는 달라 이것만은 선이라고 하고 싶지 않기 때문에 끝내 악이라는 주장을 관철하려고 갖은 고문을 참았다.

　선생께서는 눈을 부릅뜨시고 두 팔을 높이 벌리시면서 벽력같은 목소리로,

　"이놈아, 이것이 악행이야?"

　하고 부르짖으신다. 이 모습은 선생님께서 이 세상을 떠나실 적 최후의 그 장면 그대로이시다. 나는 으악! 소리를 지르며 두 손으로 눈을 덮고 옆으로 쓰러졌다.

　'으음—'

　실신에 가까운 경도驚倒의 신음, 이것이 꿈을 깨면서도 멈추지 못한 잠꼬대 그것이었다.

　밖은 아직 어둡다. 몇 시인지. 기차 소리도 들리고 자동차 소리도 들린다.

　참으로 이상한 꿈이다. 머리가 띵한 것이 정신이 좀처럼 가라앉지 않는다.

　정신을 수습하기 위하여 땀에 젖은 자리 위에 한 시간 가까이 그대로 누워 있었다.

　이제야 동창이 밝아 온다. 나의 정신도 완전히 새로워지는 것

같다.

한낱 개꿈은 아니다. 어떤 영감靈感의 계시인 것 같다.

나는 맑은 정신으로 이 꿈을 여러 각도로 해부하여 가며 꿈 자체의 체계를 정리하여 보려고 애썼다.

결국 이 꿈은 마지막 그 장면을 나타내기 위하여 그것을 전제로 한 기다란 서막으로써 구성된 것이 아닌가.

즉, 김구 선생께서는 이 범행을 악이라고 규정지으시는 데 대하여 나로서는 '살인만은 죄이나 그 죄를 초월한 근본정신은 선이었다'고 관념하는 것을 표현함이 아닌가.

다시 부연한다면 억울한 학우를 고경苦境에서 건졌다든가 습득한 금전을 선생님께 바쳤다든가 하는 등의 거리낌 없는 선행의 계열에 이 경교장 장면이 나타난다는 것은 비록 죄행이라고 고민하고 있기는 하지만 그 근본정신은 선이었다는 나의 잠재 관념을 폭로시킨 것이요, 또 억울한 사람을 동정하였다든가 부당한 재물을 탐내지 않았다든가 하는 등의 상찬 받을 행위에 대하여서까지 형벌을 가하였다는 것은 경교장 사건을 악으로 규정지으신 김구 선생님께서 '이것 또한 선'이었다는 나의 관념 체계를 미리 인식하셨기 때문에 나중 이것을 악으로 응징하시는 동시에 나에게 대한 철저하신 증오감에서 나의 관념계에 놓인 선이라고 자부하는 선이라는 선은 매 모조리 형을 가하여 버리신 것이 아닌가. 실로 엄하신 처분이며 가혹한 고행이었다.

그러시다면 김구 선생께서는 나의 근본정신을 끝내 이해 못 하시며 나에게 대한 분노를 좀처럼 푸실 수 없는 것이 아닌가. 정녕 그러시다면 내 장차 지하에 가더라도 선생님을 뵈올 수 없을 것이 아닌가.

참으로 서글픈 일이다. 나는 죽음을 각오하면서 울었고, 울면서 죄를 범했고, 죄를 범하면서까지 마음속에 대의를 세웠던 것이 아닌가.

아무리 의에서 출발한 범죄라 할지라도 나중에 악의 결실밖에 못 거둘 바에는 애당초 악의 씨로 뿌린 것과 무엇이 다름이 있으며, 어차피 대의에 순殉함일진데는 어떻다 행동면에 고민할 바 있으랴.

이 새로운 충격 앞에 놓인 신념의 동요를 걷잡기에 나는 주위를 잊었다.

더딘 아침 햇볕도 어느새 오정(정오)이 가까웠다. R중위와 R소위가 전에 없이 군복을 입고 찾아왔다. 각기 대위 계급장과 중위 계급장을 갈아 붙인 것이 아닌가.

"여어, 진급이십니다그려. 축합니다."

나는 각각 악수를 청했다.

"15일부로 발령을 받고 지금 진급 신고를 마친 길이요."

나는 번쩍이는 새 계급장을 부러운 듯이 바라보았다. 그들은 이번 기期에 누구누구가 진급되었다는 것을 이야기하며,

"안 소위도 그대로 있었으면 지금 중위일 텐데."

농담조로 위안의 뜻을 표한다. 약 10분 동안 잡담을 하다가 갔다. 기분이 약간 명랑해졌다.

저녁에 R중위가 또 왔다.

"안 소위, 최××라는 사람을 아시오?"

"왜요? 잘 아는 사람입니다."

알다 뿐일까. 최는 알아도 이만저만한 사이가 아니다. 바로 내가 살고 있는 태평로 소위 월남 피난민 아파트 안에 서북청년회 태평특별분회 회관이 있었던 관계로 동同 분회 위원장이던 홍종만과도 친근해졌고, 당시 내가 총본부 총무부장의 직에 있다 하여 동 분회 동지들로부터 윗사람의 대우를 받으면서 군대에 들어간 후 오늘까지도 막역하게들 지내고 있다.

최는 동 분회 특동대원特動隊員으로서 회관 내에 합숙하는 삼사인동지회三四人同志會의 한 사람이다. 특히 합숙원들은 한처마 밑에 사는 관계로 한집안 식구같이 지내며 나의 처가 있건 없건 반찬을 뒤져 먹는 사이였다. 최는 내가 영내 거주로 집을 잘 돌보지 못하는 때에는 내 손을 대신하여 살림을 거들어 주기도 하였으며, 어느 때던가 내가 감기로 누웠을 적에 비를 맞으며 병원 연락을 다니던 최의 모습을 본 일도 있다.

그런데 이 최가 누구에게 매수되어 가지고 내 가족을 암살할 목적으로 야반에 침입하였다가 그만 발각되어 지금 구속 중에 있다는 것이다. 내 귀를 의심하고 싶으리만치 신용하기 어려운 말이다.

"그럴 리가 없을 텐데, 오보가 아닐까요?"

나는 고개를 좌우로 저었으나 이것은 신경과민이 아니라 이미 증거가 역연歷然하고 본인의 자백이 부합된다는 데는 의심치 않을 수도 없는 노릇이다.

본시 믿지 못할 세상이기는 하나 여기서 친한 벗 한 사람을 또 잃었다고 생각하니 서글프기 짝이 없다.

어느 중국집일까, 애절한 호궁胡弓 소리가 가까이서 들려온다.

7월 16일(토요일) 흐림

몹시도 우울한 날이다.

머릿속의 고달픈 상념은 광풍에 나부끼는 난마와도 같이 만사가 귀찮다. 사건 직전의 정신상태가 병적으로 잠복되었다가 무슨 쇼크에 의하여 발작됨이나 아닐까?

생각하면 사건 전 약 2개월간이란 거의 웃어 보지 못하고 마치 열병에 들린 사람 모양으로 남의 정신으로 지냈다.

날이 가고 시간이 지날수록 불안과 공포와 번민의 암운은 더욱 짙어만 가고 여기에 작용되는 생리적인 영향 또한 감출 수 없었으니 나의 병색은 만나는 사람마다의 귀찮은 문안거리로 되어 10년 전의 내 병력을 짐작하는 사람은 신경쇠약의 재발이라고 했고 일부에서는 폐병이라고 수군거리기까지 하였다.

제멋대로 진단을 내려도 증후症候는 대차大差 없을 것이다. 수면은 하루에 많아야 세 시간, 식욕은 반에 반, 말은 없고, 안광은 흐리고, 동작은 느리고 피골은 상접하여 가고…

이리하여 정신도 백일白日을 꺼렸고 몸도 복잡한 곳이 싫었다.

부대에 있을 때에도 나는 별로 남의 방에 가 본 적이 없었고 동료들 또한 내 방을 찾지 않았다. 부하의 훈련 시간이나 집무 시간 외에는 거의 침대에서 지냈으니 명분 없이 집을 두고 영내 거주를 하게 된 것도 이런 이유에서 나온 것이다.

그러나 이러한 심경 속에서도 사병들의 취침 시간 전 한 시간 동안만은 내 방이 부하들에게 개방되는 것이 싫지 않았다. 그 것은 악에 물들지 않은 그들과 더불어 타의他意 없는 인정미人情味만을 호흡할 수 있는 시간이었기 때문이다.

고향의 정과 부모의 사랑을 멀리 떠나 나팔 소리에 깨고 나팔 소리에 잠드는 딴 세계에서 오로지 소대장이나 중대장을 아버지나 형님처럼 믿으며 부대를 내 집으로 알고 살아왔으며 또 살아갈 그들이다. 그들이야말로 아직 사기, 음모, 반목, 중상을 모르는 진실과 다정만의 소유자들이다.

엄격한 기율 밑에서 고달픈 일과를 마치고 각자 자기의 시간으로 돌아갔을 때 얼마나 골육의 정과 형장兄長의 사랑이 그리워지랴. 저녁이면 으레 칠팔 명, 십여 명씩 찾아오곤 했다.

객고客孤의 등불 밑에서 희비의 회포를 어루만지며 인간 본연의 향훈에 도취되는 행복감이란 오늘날 세파에 지친 이 나와 같이함에 있어 어찌 그들만의 것이 되랴.

여기에는 차가운 장병將兵의 차差도 없고 까다로운 상하의 별別도 없다. 있는 것은 부자 같은 정과 형제 같은 의誼뿐이다. 그들은 대개가 빈한한 가정의 자제들로서 어부의 아들, 상인의 동생도 있지만 농촌 출신이 고작(가장) 많다.

나는 그들의 청대로 그들의 부모나 아내에게 편지도 써야 한다. 편지의 사연이라야 군대 생활이란 약시약시(그렇고 그런)한 것이며, 군율이란 어떠어떠한 것이며, 당신의 아들이나 남편은 건강히 군무에 충실하고 있으니 안심할 것이며, 또 나라의 큰 일꾼인 당신의 아들이나 남편을 위하여 후고後顧의 염념이 없도록 굳세어야 한다는 따위의 이야기이지만, 장교인 중대장의 친필편지라고 해서 특히 반가워하며 광영으로 여긴다는 것 때문이다. 이렇듯 순박한 사회의 이야기인지라 모든 것이 구수한 말뿐이다.

내 중대에는 평안도를 위시하여 함경도, 황해도 등 이북 사람도 많지만 경상도, 전라도 등지의 출생도 적지 않다.

제각기 괴상한 사투리를 써가면서 자기 고장 풍토를 자랑하며 남의 지방 풍습을 조롱하는 등 동심의 세계가 전개될 때엔 폭소가 연발치 않을 수 없다. 와카노니, 그래땅께로니, 앙이되게씀이니, 그래씨까니, 데메세가니(저거시기의 평안도 방언)니가 도마에 오르게 되면 심지어는 '뎐기불이 뻔떡뻔떡한다'는 열조공격捏造攻擊까지 나온다. 이런 때에는 나도 평안도인지라 반격군에 가담치 않을 수 없게 된다.

이렇게 한바탕 웃고 나면 종일 해의 우울이 대번에 사라지는 것 같았다.

때로는 처세학 중에서 연애학 강의를 펼 적도 있고 머리 기계機械좀 치료법을 해설하다가는 성병에 대한 묘방도 공개하게 된다.

학과 시간에 채 이해치 못한 포술에 대한 질문이며 민주주의 이념에 대한 해설의 요구 등 학구적인 의욕을 토로하는 적도 있지만, 특히 각 개인의 신상에 관한 심각한 사정 이야기 등에 대하여서는 아홉 시 취침 시간이 넘은 뒤에 다시금 조용히 만나 준다. 이러노라면 대개 자정이 된다.

이렇게 즐거운 세 시간이 지나가고 나면 다시금 고민의 전선으로 돌아가는 것이었다.

또 사색의 포문을 연다.

포격하여도 포격하여도 엄항섭, 김학규 등 적진 부대의 사적射的(표적) 면에 대한 그들의 보강 방어가 민첩하였기 때문에, 그 의혹의 성벽은 좀처럼 뚫리지 않고 성중城中에 연금된 김구 선생의 안부는 날이 갈수록 묘연하여만 갈 뿐이었다.

이렇게 매일같이 강행되는 격렬한 포격전은 새벽녘 단 두세 시간의 수면도 달게 주지 않으니 종일토록 띵한 정신에 무슨 일이 손에 걸리랴.

나의 군대 생활이라고는 육사 시대를 제외하면 겨우 4개월밖에 맛보지 못하였지만 이제는 처음이요 또 마지막이 되어 버린 이 4개월의 군대 생활에서 열정적이었던 전반기 2개월을 제한 나머지 후반기 2개월이란 실로 군인다운 군대 생활은 아니었다.

생각하면 내가 군문을 두드린 동기부터가 하루 이틀에 마련된 것이 아니요, 입대 후 군인으로서 기울인 정성 또한 범상한 것이 아니었다.

대공對共 원심怨心을 품어 3년, 하지 중장의 용공정책 태반 위에서 자라던 요소의 잔재가 군경 기관의 체내에서 가시기를 초조히 기다리던 차에 일찍 서청도장西靑道場에서 연마된 순국정신을 실지實地로 발휘할 날이 왔으니 때는 작년 '여수 순천 국군반란'이라는 충격 그것이었다.

"서북 건아들이여! 빨리 군문으로 집결하라. 토공討共 전선으로 총진군이다!"

열광된 서청 간부들은 모병의 기치를 휘두르며 용산으로 마포로 천막촌을 달렸다.

깡통보자기, 양담배 목판木板을 멧따치고(메치고) 숨 가쁘게 대오隊伍를 찾는 흥분興憤의 분류奔流는 실로 우리 건국사를 장식할 찬연한 사재史材였으니 지금 우리 국군 포병진의 기간 세력을 이룬 작년(1948년) 12년(12월의 오기) 7일 서울 세종로 대도를 뒤덮고 쏟아져 나온 1800명 헐벗은 청년의 행진도 그 역사적인 한 장면이었다.

아아 그날! 감격도 새롭다. 아무리 초라할망정 이북 사람이라고 가족이 없었으랴. 다 떨어진 고무신발을 끌고 등의 아기를 달래면서 남편의 대열 옆에 따라서는 아내의 그 모습, 남편의 목소리를 따라 부르는 그 서북청년행진곡, 그것 그대로가 행군이었고 그 합창 그대로가 이 나라 젊은이의 고함 그대로였다.

우리는 서북청년군

조국을 찾는 용사로다

나아가 나아가 38선 넘어

매국노 쳐버리자

진주眞珠 우리 서북 지옥이 되어

모두 도탄에서 헤매고 있다

동지는 기다린다

어서 가자 서북에

　장엄하다고 할까 처절하다고 할까. 중앙청 창문에서 노랫소리를 들으며 이 광경을 조망하던 한 사람이 눈물을 흘려 가며 곁에 선 이북 친구에게 이런 말을 했다는 것이다.

　"나는 오늘 저 광경을 보고 솔직히 인식을 달리했다. 나는 지금까지에 서북 사람, 개중에서도 서북 청년 회원을 볼 적에 그저 이북에서 쫓겨나온 하나의 감정에서 날뛰는 시국을 빙자한 테러단, 즉 불량배에 가까운 존재들이라고 백안시하여 왔음을 자백한다. 그러나 국가가 아무리 위기에 임하였다 하더라도 아직 전화를 입지 않은 전래傳來의 주거와 생활 실력을 보유하고 있고 부모는 이때에 무의무탁한 타향에서 그날그날 품팔이로 연명해 나가던 신세에 저 가족을 천막 속에 남겨 두고 총 메러 나설 줄은 참말 뜻밖의 일이라 아니 할 수 없다. 과연 그들의 외침은 구두선이 아니었다는 것을 높이 찬양하는 바이다."

이 말이 어찌 이 알지 못할 한 사람의 지나가는 말에 그치랴. 양심적인 사가라면 사기史記에도 이 주석을 달기를 꺼려하지 않을 것이리라.

이때 우리 간부들 중 조건이 미치는 사람들은 사관학교로 몰려들었다. 나도 이때 인물의 한 사람이었다.

이렇게 내 몸이면서도 내 몸 아닌 정신으로서 순국의 각오를 굳게 품고 육사의 문을 들어선 나는 자나 깨나 훌륭한 군인, 모범적인 군인을 지향하는 일념에서 인격을 도야하고 정신을 함양하며 기술을 연마하기에 온갖 정력을 기울였다. 그리하여 학교를 마치고 포병대에 보직된 이래에도 남의 칭찬대로 근면하고 성실한 군인으로 자부했던 것이다.

그렇듯 열정적이요 박력 있던 내가 지금에 와서 이렇게까지 무기력하고 음울한 사람으로 변해 버릴 줄은 나도 몰랐다.

김학규나 홍종만이가 찾아오는 것이 싫고 무서워서 일요일 날 집에 다녀오는 것도 마음에 내키지가 않았다.

이러한 심경과 처지에서 헤매어 왔기 때문에 6월 26일로 이 옥에 갇혔다는 것은 영어의 기분이 아니라 해방의 기분이었다. 이 평화로운 기분은 죽음에 대한 체념일 것 같기도 하나 그것만이 아니었다. 체념이 있다손 치더라도 사건 전의 고민에서 해방된 해탈의 기분이 선행하고 있었던 것이다.

그런데 입창 이래 그렇게도 달관적이던 내가 어제 오늘 왜 이렇게 마음에 동요가 생겼는가. 이 잔잔하던 내 마음의 호수에 누가 돌을 던졌는가.

생각하면 고달픈 취조가 끝나고부터는 공상의 시간이 지나치게 많았고, 이 지나치게 많은 시간은 부지불식중 외계 사회와 접촉의 시간으로 쓰였던 것이다.

아내가 찾아오고, 서청 동지들을 비롯하여 다정한 옛 친구들이 찾아오고, 감시병과 친밀하여지고. 창문에 기대어 오고가는 외계 풍물을 눈으로 보게 되고 하는 동안에 공백 중인 내 마음에는 절연되었던 사회의 잡음과 함께 여러 가지 부작용을 내포한 잡념의 요소가 깃들여진 것인데, 게다가 그제 저녁의 이상한 꿈과 어제 들은 최 모 사건 등은 자못 획기적인 쇼크였음에 틀림이 없을 것 같다.

나는 입창 후 지금까지 외계에 관심을 두지 않기로 작정했고 또 환경에도 지배되지 않기로 결심했다.

나는 사형수다. 죽을 몸이 무슨 미련이 있겠기에 여론이 필요하며 세평이 필요하랴. 이것이 죽음을 앞둔 나의 수인囚人 철학이었다.

그러나 이즈음 와서는 이 이론이 완전히 경도되고 말았으니 사형수는 사형수로서의 여론이 듣고 싶고 내외 정세가 알고 싶다.

그러면 이것은 삶을 추구함이냐? 그렇지 않다. 지금 내 마음에 싹트기 시작한 번민이란 생生을 추구함에서가 아니라 사死를 갈 망함에서다.

왜냐 하면 요즘 들리는 바 내 사건에 영향된 사회 여론이나 정계 동향이 심상치 않기 때문이다 다시 말하면 소위 이 동향의 호전이라는 그 정도가 사건의 성격을 다른 각도로 비판하고 나중에는 범의犯意를 동정하여 내가 지금까지 관념하여 온 '사형'을 과중하다 하여 무기형으로 처리해 버릴 우려성이 농후하여졌음을 감득하였기 때문이다.

나는 살 수 없는 몸이요, 살아서는 안 될 목숨이며 또 살기도 싫은 사람이다. 이제 사형을 벗어나 무기형이라는 삶을 전제로 생각하는 새삼스러운 경지에서도 또한 이런 결론이 내려지는 데 있어서는 여러 가지 이유가 있다.

첫째, 나는 살 수 없는 몸이다.

아무리 옥중에서일망정 살아 있다는 것은 김구 선생에게 대한 속죄의 길이 아니다. 나는 죄 중에서도 '시역弑逆'이라는 대죄를 범한 몸이다. 일백 번 고쳐 죽어도 도리어 남음이 있겠거늘 어찌 한 번 죽음을 주저하랴.

그젯밤 꿈의 영감은 무엇을 계시함인가. 의리가 있고 또 법이 있을진 데는, 살 수는 없는 몸이다.

둘째, 나는 살아서는 안 될 목숨이다.

범행 현장에서 죽었을 목숨이요, 또 죽은 목숨이다. 지금 살아 있다는 것은 세상을 위하여 비밀이 되어서는 아니 될 일을 폭로하고 가려는 시간 그것만이 자의대로 유예되고 있을 따름이지 정신계의 나의 목숨이란 이미 간 것이라고 관념하여야 옳을 것이다.

또 나는 남아男兒며 군인이다.

남아로서 일단 죽기로 했을진댄 남아답게 죽음을 수행하여야 할 것이다. 이것이 당일의 비장한 정신을 살리는 길이며 사건을 의의意義롭게 하는 길일 것이다.

하물며 생명을 홍모같이 가벼이 보는 군인의 정신으로서 한 번 택하였던 사지를 어찌 방기할 수 있으랴. 조용히 죽음에 취함이 광영일 것이다.

셋째, 나는 살기가 싫다.

설사 무기형에 처한다손 치자. 10년일지 20년일지 모르는 영어의 생활을 어떻게 지속할 수 있단 말인가. 차라리 지옥에서 염라대왕 앞에 끌려 나가는 한이 있더라도 이렇게 살아 있고 싶지는 않다.

최군 사건 같은 사실을 벌써 목전에 당하면서 연약한 처자가 노변의 거지가 되어 천대받고 있는 꼴을 옥창 밖에 두고서 무슨 낙으로 살아간단 말인가.

또 이렇게라도 뻗치고 살아서 몇 십 년 후이고 출옥하는 날이 온다고 바라자. 그때에는 자유의 몸이 되어 보았던들 무슨 사람다운 사람 구실을 할 수 있으랴. 도리어 개돼지만도 못한 망측스러운 흉물이 되고 말 것이 아닌가.

　내 이 선천적인 성격의 벽성으로 보아 결국에는 옥중 자살이라는 새로운 소음 하나 만을 세상에 더 남기는 것밖에 없이 될 것이다.

　아아, 수일 전까지도 옥창 밖 사회 인심의 착종상錯綜相(난맥상)을 비웃으면서 유유자적하던 명경지수의 이 심경이 왜 이다지도 흐려지노.

　뒷골목을 지나는 신문 장수의 나 어린 목청 애련도 하구나.

　— 잠 못 자다 —

7월 17일(일요일) 한때 흐렸다 갬

무더운 날이다.

오늘은 감방문을 두드려 주는 사람도 없고 사무실 부근의 인기척도 드물다.

맑았다 흐렸다 하는 날씨만이 명멸하는 내 심사와 호흡을 같이하는 듯하다.

한강 방면으로 드라이브 가는 차들이나 아닐까? 태평로 방면으로부터 고급 자동차 경적 소리가 연달아 꿈같이 들려온다. 인연 머언 나라 소식이다.

겨우 사오 분(4~5푼. 40~50mm) 두께밖에 못 되는 인위적인 판자 울타리가 이렇게도 정신적인 세계를 격해隔海의 차差로 분리시켜 놓았는가.

두희 몸 여기 지척지간에 있고 두희 심경 오늘날 이러하건만 세상의 정보는 제멋대로 머언 길을 왕래하고 세상의 평론은 제멋대로 어제 오늘의 심리를 진단하겠지?

한 번 흔들린 마음의 호수는 좀처럼 파문을 멈추지 않는구나.

사바에 관심을 두지 않기로 한 것은 벌써 지난 역사이런가. 무척도 사회 여론이 궁금하구나.

나는 하루 종일 10여 시간에 무엇을 생각하며 지냈는지 회상하여 보아도 갈피를 들출 수가 없다. 그러나 분명히 아름다운 반성의 사색은 아니고 쓰라린 번뇌이기는 하였다.

갈피를 잡을 수 없는 번뇌란 그 요소가 외계에서 밀수입된 잡음의 부작용인 것이 틀림없을 것 같다.

그 부작용을 일으킨 사바 관심이라는 독소가 해탈이라는 백혈구와 대결중이라는 것도 이 번뇌라는 증세로 보아 역력한 것 같다.

생각하면 그날 경교장 2층에서 내 머리에 대었던 총구를 내 의식으로 떼지 않았던들 또 그렇지 않으면 아래층 응접실에서 비서들의 고함을 이승의 마지막 소리로 들었던들 어차피 가기로 한 길이었으니 비록 비밀이 되어서는 안 될 사태의 폭로가 시간적으로 좀 늦어질망정 나로서는 오늘날 이런 고뇌는 면하였을 것을….

굳이 남긴 목숨에 의의를 붙여 본다 하더라도 숙제인 폭로 진술이 완료되면 그와 동시에 존속이 부인되어야 할 성격의 것일 것이다. 지금까지의 나의 심회는 장차 사형이 집행될 때까지의 여백 기간에 놓인 생의 가치를 어떻게 향유하느냐 하는 데 사색의 주제를 두었던 것이다.

그리하여 진세塵世의 암영暗影을 불식하고 청명한 심기를 자영自營하여 오로지 현생에 대한 미련을 청산하고 몸소 영생의 희열로써 죽음에 임할 수 있는 심령을 부르기에 조용히 힘썼던 것이다.

그러나 자영해 오던 심기는 점점 기능을 잃고 진세의 암영만이 짙어 가고 있으니 이것은 사건 당시 가상假想도 못 했던 삶이라는 대상이다. 분명히 따진다면 생에 대한 미련일지도 모른다.

　그렇다고 해서 삶을 추구함은 아니다. 장차 사형이 무기형으로 될는지도 모른다는 전제하에 전혀 준비 없었던 삶의 선고에 대한 응수책應酬策을 수립하려는 것이 초점이 된 것이다.

　여기에서 나는 미련이라는 주체를 형성하는 기본 요소가 무엇인가를 발견하여야 하겠다. 대체 미련이란 미래에 속하는 사유일 것이며, 경험에서 착념着念된 동경憧憬의 현상을 말함일 것이다.

　모름지기 맹목적으로 생의 연장만을 추구하는 것만이 미련이어서는 아니 될 것이니 우리의 과거에는 동경되는 행복스러운 사례가 있는가 하면 염기厭忌(싫어하고 꺼림)하는 불행스러운 사례도 있지 않은가. 자살하는 자는 불행을 예견한 사람이요, 미련을 가진 자는 행복을 예기하는 사람일 것이다.

　나의 고민도 그 정체가 미련에서 나온 발작이라면 그 고민은 맹목적인 고민이어서는 안 될 것이다.

　나는 어떤 과거를 가졌으며 또 어떤 미래를 꿈꾸었던고. 이 자문에 앞서는 자답의 준비 없음을 괴로워하는 것이다. 나의 고민은 여기에 있다.

　지나가는 대답이 아니요, 적어도 죽음을 영생의 희열로써 맞을 수 있는 대답이어야 하기 때문이다.

잠깐 이에 앞서 소위 운명론적인 체계에서부터 해답의 이론을 구하여 보자.

나 같은 인생도 낙지落地할 때부터가 어떤 숙명의 주체였었다면 오늘로써 일생의 종지부를 찍는 것도 지니고 나선 숙명일 것이매, 계산 면으로는 33년이란 것은 상식 기준의 반생도 못 된다는 기록까지는 남을망정 미래라는 상식 기준의 나머지 반생의 숫자는 적자赤字(붉은 글씨, 교정 글씨)로써 기입되지는 못할 것이 아닐까.

인생을 한 조각 뜬구름에 비했을진댄 어찌 그 무상을 한하랴. 다만 내일을 모르는 인생으로서 현실을 둥한시하였음을 반성할 뿐이리라.

생각하면 삶이라고 해서 행복만이 있는 것이 아니요, 죽음이라고 해서 반드시 공포가 수반되는 것은 아닐 것이다.

본시 고인古人의 말에 사람이란 속아서 살다가 속은 줄 모르고 죽는다 하였으니 그 동안 수많은 철인哲人도 이 속음에서 해방되려고 애써 온 것이 아닐까.

이렇듯 삶의 의의를 규정짓고 또 죽음의 의의를 규정지으려는 것은 삶에 대해 죽음이 있고 죽음에 대해 삶이 있다는 것을 잊지 못하기 때문이다. 다시 말하자면 죽음의 공포를 멀리 못 하는 삶은 불안스러운 생활일 것이요, 삶의 미련을 청산치 못한 주검은 개죽음이 될 것이다.

자포자기의 행위가 아닐진댄 죽음을 택한 그 시간이 생을 잊은 시간이어야 할 것이다. 미리 떳떳한 죽음 각오 못 한 시정市井의 강간살인수의 죽음에도 참회의 미美로써 이루어지는 수가 있거늘. 하물며 미리 각오한 자영自營의 죽음이요, 개인의 공명을 초월한 공리公利의 죽음이요, 국가 민족을 위하는 충용의 죽음이요, 속죄에 순殉할 의義의 죽음이 되어야 할 나의 죽음에서랴.

다시 돌이켜 생각하면 경교장에서 죽지 못한 것을 한할 것도 없고, 요즈음 쇼크를 야속하다 할 것 없고, 지금 새로 당하는 번뇌를 쓰다 할 것 없을 것 같다. 왜냐하면 찰나의 기분에 이루어진 죽음은 경박한 죽음이 되기 쉬울 것 같기 때문이다. 즉, 이런 새로운 시련에서 다시금 잡념을 물리칠 수 있다면 그 연후에 이루어지는 죽음이야말로 그만치 비중이 높아지기 때문이다.

내 선생님의 크신 덕의 품에 안겨서 무량의 총애를 누리다가 나중에 시역의 죄인이 되었다는 것은 기이한 인연이 아닐 리 없으나, 불교 철학적인 논거에서 이것이 나 자신의 대오각성의 계기가 되어 줄 수 있다면 한낱 찰나적인 현상으로만 그칠 것이 아니리라고 생각된다.

공자님 말씀에 '三十而立하고 四十而不惑하고 五十而知天命이라' 하셨으니 내 비록 범용凡庸한 필부일망정 아직 천명은 모르되 자기 몸은 거둘 나이요, 유혹은 면할 시절이니 어찌 이성理性에 어길 바 있으랴. 오로지 신념의 범행이었으니 무엇 새삼스러이 구애를 느낄 바 있을까만 행여나 선생님의 죽음을 모독함이나 있지 않을까 저어하는 바이다. 여백 기간 중의 이 생명 또한 천의天意이실진댄 대오大悟의 길 끝내 열어 주시옵기 기원하는 바이다.

백범 선생님이시여, 두희 지하에서 다시 선생님 뵈옵도록 허하여 주시옵고, 제 목숨 버리올 때 희열의 문 열어 주시옵기 간원懇願하나이다.

산란한 머리를 식히기 위하여 냉수욕을 했다. 시원한 기분에 가슴이 열리는 것 같다.

오늘 밤은 이로써 머리를 비워 보기로 하고 무료히 담배의 연막을 느꼈다. 멀리 기차의 기적 소리와 바퀴 굴러가는 진동이 들린다. 유난히도 구슬픈 향수적인 음향이다. 저 기차의 창가에 외로이 기대어 정처 없이 달려 보고 싶다. 나는 저 기차 소리를 들을 때마다 언제나 심금이 울림을 느낀다.

세상에서 항용 듣는 악기 아닌 보통 물체의 음향 중에서 기차 기적 소리처럼 정서적이요, 신비적인 소리는 또 없을 것 같다. 이것도 기차 소리와 나와의 아롱진 인연 그것일까.

옛날 유행가를 들을 적에 흘러간 그 시절을 추억하게 되듯이 저 기적 소리에는 목가적인 그 옛날의 내 낭만이 스미어 있기 때문이다. 뚜우— 하는 단조로운 소리이지만 우렁차면서도 서글픈 음조는 속세풍진에 시달린 심경을 정화시켜 주는 듯하다.

아직도 나 어린 중학교 시절 즐거운 방학이 끝나 그리운 할머니, 동생들이며 정든 고향 마을과 작별하면서 올라타던 기차의 그 기적 소리.

일본 유학 시대 하숙집 다다미 위에 큰대자로 사지를 내던지고 생각을 현해탄 위로 달릴 제 들리던 그 기적 소리.

만리이역 북경 땅 병상에 누워서 외로이 듣던 그 기적 소리.

가족을 이북에 두고 38선 넘어와서 천막촌 밤자리에서 팔베개 베고 듣던 그 기적 소리.

사관학교 내무반에서 불침번을 서면서 듣던 그 기적 소리.

어느 것 하나 시詩 아님이 없었다.

지금 저 기차는 무슨 꿈을 싣고 달리는고.

밤은 아득히 멀어 가는 기적 소리와 함께 고요히 깊어 간다.

7월 18일(월요일) 흐림

짙은 구름이 오락가락하면서도 좀처럼 비는 내릴 것 같지 않다.

R중위(며칠 전의 R소위)가 찾아와서 싱글벙글하는 얼굴로 잠깐 잡담을 하다가 '유장悠長스러운 기분으로 지내라'는 위로의 말을 남기면서 양담배 두 갑을 주고 갔다. 어제 외출하였던 B하사도 '껌' 두 개를 갖다 준다.

이상스러운 선입관념이 앞서서 그런지 날이 갈수록 이곳 주위 사람들의 태도는 더욱 친절해지는 것만 같다. 이것도 나에게 대한 객관적인 분위기의 반영인 것만 같다.

그러면 나는 사형이 아니고 최고 무기형 정도로 낙착되어 버리려나?

'사형이 아니고 무기징역?'

이제는 거의 결정적인 사실인 것만 같다.

아무리 무관심하게 자약自若하려고 애써 보아도 태연해지지가 않는다. 생각하면 무관심할 수도 없는 노릇이다. 지금까지에는 오로지 죽음에 대한 준비밖에 없었던 것이 이제 와서는 정반대의 사실에 대처할 새로운 준비가 필요하게 되었기 때문이다.

그러면 죽음에 대한 지금까지의 준비를 백지로 환원시키고 삶에 처할 새로운 방도를 강구하면 되지 않느냐, 또는 생에 대한 준

172

비란 그리 미숙할 것 없지 않느냐, 이렇게 간단히 생각할 수도 있겠지만.

도시都是(도무지) 나의 관념했던 죽음이란 단지 죽는 것만으로써 다해 버릴 단순한 죽음은 아니었었고, 나의 삶이란 그저 지금의 연장으로 관념하여 버릴 평범한 회생은 아니기 때문이다.

환언하면 나의 죽음이란 내가 자결하려던 죽음이며 필요했던 죽음이니만치 쉽사리 방기하고 돌아설 죽음이 아니며, 또 앞으로 당면할 삶이란 나 스스로가 버렸던 삶이며 버리지 않으면 아니 될 삶이었으니만치 새로운 준비 없이 응대 못 할 삶이기 때문이다.

요컨대 죽음에서 물러날 수 있는 길과 삶에서 취할 수 있는 의의를 규명지어야 할 것이다.

이것은 내 내심의 희망이 삶을 취하겠다는 소이가 아니고 만약 사직司直의 단죄가 무기형으로 판결이 나리라는 부득이한 전제를 내걸게 되는 것뿐이지 지금 내 심경으로서는 사는 것보다 죽는 것이 백 배 승勝한(나은) 편이다. 하물며 즉석에서 방면되는 것이 아니요, 기한 모를 영어 생활이 계속된다는 데에는 더욱 간단한 문제가 아니기 때문이다.

먼저 죽음을 사辭함에 대하여 생각해 보자.

나의 범행 사실에 대하여서는 당시 사태가 시간적으로 절박감을 느끼게끔 되었고, 나의 관찰이 허구가 아니었다는 것은 사후

국내 정국의 추이와 국제 정세의 변전變轉으로 미루어 명백하여진 듯싶으니 그것은 안심되는 바이지만,

첫째, 국가 민족의 위대한 지도자요 나에게는 변함없는 스승이신 분에게 대한 시역의 대죄를 무엇으로 바꿀 수 있으며,

둘째, 남아로서 일단 자기 스스로가 각오했던 그 죽음을 시간이 경과된다고 해서 뜻을 고칠 수 있으랴. 또 객관적인 조건이 변하여서라는 것도 타당한 이유는 못 된다. 왜냐하면 폭로된 비밀의 정체라는 것은 범행 당시 내심에 판정 지은 범위 내의 것이지 무엇 (하나) 나의 관념한 바를 고치게 할 만한 대사건이 파생된 것은 없지 않은가.

문제는 이 시역에 대한 속죄와 남아의 의기, 이 두 가지다. 만약에 비겁한 줄 알면서도 남자의 긍지를 짓밟는다 치자. 그래도 이 뚜렷한 시역 행위를 어떻게 합리화시킬 수 있을 것인가?

다음 다시 삶을 받아들임에 대하여 생각해 보자.

이제 내가 다시금 무슨 면목으로 남들 사는 세상에서 호흡을 같이하며 살 수 있을 것인가. 무슨 영화를 누릴 수 있으리라고 꾸역꾸역 생을 파고든단 말인가. 세상이 나를 어떻게 대하여 주겠기에… 일거수일투족을 어떻게 하란 말인가. 남아가 일단 내버렸던 것을 이제 다시금 주섬주섬 주우란 말인가.

아직 세상을 대해 보지 못하였으니 모르기는 하지만 세상 사람으로부터 파격적인 우대를 받을 수 있다고 가정하고 자존심을 죽

여 가면서라도 삶을 감수하기로 하자. 그리하여 10년일지 20년일지 모를 형기를 두고 이런 영어의 생활을 계속할 수 있을 것인가.

그러면 시역 행위에 대한 속죄 문제와 무기징역에 대한 대응책만을 주제로 하고 그 나머지는 지엽枝葉 문제로 돌리기로 하자. 다시 한 걸음 더 나아가 무기징역 문제마저 고사하기로 하자. 그래도 이 시역의 죄를 어떻게 할 것인가.

며칠 전, 그 꿈이 자꾸만 머릿속에 감도는구나. 무슨 영감의 계시인 것만 같다. 분명히 선생님께서는 원怨을 풀지 못하시었나 보다.

내가 권총에 장탄을 하면서 외친 '선생님과 나라와 바꾸자'는 말, 다시 말하자면 '선생님께서는 이것도 순국이라고 생각하여 주시옵소서' 하고 여쭌 말씀. 선생님은 분명히 못 들으셨나 보다. 아니, 들으셨다 하더라도 이를 부인하셨나 보다.

이렇듯 나 백 번 죽어도 못마땅하게 여기시겠거늘 각오한 이 첫번 죽음을 수행치 못하다니.

어찌 하면 좋을까?

하늘도 말이 없고 땅도 대답이 없구나.

그렇다.

이것은 천의의 계시나 선생님의 영감 비치시기 전에는 번의翻意할 수 없는 일이니 조용히 이승의 심판부터 받기 위하여 도도히 법정에 나설 마음의 준비를 갖추자. 한갓되이 번민에만 사로

잡히지 말고 자중하여 천명만을 기다리기로 하자.

유유悠悠한 심경으로 환경에 자적自適하자.

비는 내릴 듯이 다시 맑아진다. 대기는 왜 이렇게도 빡빡한고.

패연沛然(흥건)히 축여 주렴. 대지도 그리고 내 마음도….

창 밖에 어린애들 재재거리는 소리가 아까부터 들려온다. 오래 간만에 라디에이터에 올라앉았다.

판자 틈으로 어린애들 모여선 것이 보인다.

장사꾼이 팔리기를 기다리고 있는 것인지 철망자로 만든 채롱 속에 다람쥐 한 마리가 갇혀 있다.

"야아, 야아" 하고 떠드는 것은 다람쥐가 쳇바퀴 돌리는 것을 성원하는 작은 고함들이었다.

다람쥐 주인은 무슨 뜻으로 다람쥐의 청請이 아니었을 저 쳇바퀴를 달아 주었는지.

아지못커라('잘 알 수 없지만'의 평안도 방언) 쳇바퀴를 돌리는 저 다람쥐로서는 지금 길고 긴 판자 길을 달리고 있는 셈이리라. 불과 두어 자 물레의 쳇바퀴인 줄도 모르고, 또 그것이 무한도로인 줄도 모르고….

다람쥐야! 네 감방에는 무한도로가 있구나. 내 감방에는 무한 계의 공상 세계가 있단다.

나는 다람쥐의 신이 나서 달리는 모습에 주위를 잊고 껄껄껄 웃었다. 입창 후 처음 웃는 큰 웃음이다.

7월 19일(화요일) 맑음

이른 아침부터 떠들썩하던 대내隊內가 갑자기 쥐 죽은 듯이 조용하여지자 애국가 소리가 울려온다. 무엇일까? 감시병에게 물었다. 오늘이 제헌절이다. 어쩐지 아침식사가 깜짝 놀랄 성찬이었다.

벌써 헌법을 발포하여 1년인가. 회고하면 신헌정 1주년, 참으로 다기다단多岐多端한 한 해였으며 숨 가쁜 1년이었다.

5.10선거 1주년에 뒤이어 오늘이 제헌기념일, 또 독립선언 1주년인 광복절이 불일간, 연달은 돌맞이 경사를 생각하니 뇌리를 왕래하는 감회가 한두 가지가 아니다.

국회를 무대로 삼던 적색 프락치의 도량, 이와 호흡을 맞추려는 여수·순천의 국군 반란. 이러면서도 우리 정부는 1년 미만에 49개국의 승인이라는 찬란한 각광을 받는 것이 아닌가. 모름지기 번국대업繁國大業이 이렇듯이 급격한 발전을 이룩하였다는 것은 일찍 전사前史에 없는 일일 것이다.

그러나 국회는 어떠하였던가. 개설벽두開設劈頭부터 소수인 좌익분자 앞잡이들의 독단장獨壇場으로 화化하여 마치 색맹 환자의 병실 같은 감感이었으며 급기야는 1년 미만에 자기네가 제정한 법을 범하여 철창 속으로 기어든 자가 생겼으니 희극 아닌 희극이랄 수밖에 없다. 하물며 명색이 부의장 직을 차지한 자까지 끼었음에랴.

나는 지난 봄 벼르고 별러 국회 방청을 간 적이 있다. 이것은 중상中傷이 아니라 회의 진행 솜씨부터가 유치하기 짝이 없었다. 우리가 지난날 해보던 서청중집西靑中執(서북청년단 중앙집행위원회)이 훨씬 모범적이라고 생각하게 될 정도였으니 기대가 지나치게 컸던 탓도 있었겠지만 갑자기 받은 밥상 민주주의 성찬盛餐이라 젓갈(箸) 댈 데를 몰라 어릿어릿할 수도 있으리라. 그러나 역력하게 반국가적인 행동을 취하고 있는 소수 분자에게 회의를 리드당하고 있는 꼴이야말로 차마 볼 수가 없었다.

그래도 우리 유사이래에 처음으로 성립된 국회의 역사적 초대 의원이요, 자손만대에 길이 남겨 줄 국헌을 창정創定하는 영예로운 제헌의원들인지라 그만치 일반 국민의 존경은 지극했고 기대는 컸던 것이 아닌가.

신사조의 여명기에 그만 대한제국이라는 군주 전제 때에 망해 버리고 반세기 동안 외족外族의 노예 살이는 하였을망정 명민하다고 자부하는 겨레가 이럴 줄은 몰랐다. 국회의원 제군은 진즉 반성할 바 있으리라.

점심 식탁에는 과일(복숭아 한 개)과 생계란까지 올랐다. 까닭을 알고 먹으니 제법 명일 기분이다.

오후, 육군 법무관들이 찾아와서 나를 취조실로 불러냈다. 고

등군법회의 설치명령이 내렸는데 일시는 7월 28일 전후라 하며 내방한 이는 H소령, K소령, 김 대위 세 분이다. 모두가 군인이라기보다 학자풍이 풍기는 쟁쟁한 법률가로서 언어 거동부터가 일견에 신뢰감이 드는 신사들이다.

K소령은 관선변호인이며, H소령과 김 대위는 검찰관이라고 각각 소개를 받았다. 너무들 겸손하여 도리어 내 편이 거북스러울 지경이다. 도시都是 검사 치고 피의자를 대할 때에, 더구나 살인 확정범인 나에게 대하여 저렇게도 상냥스러울까 의심스러울 정도다. 도리어 변호인이 무뚝뚝한 편이다.

그들은 오늘 부로 군법회의 설치 명령과 임무 담당 명령을 받고 CIC 취조관에게 인사도 할 겸 피고인을 만나 보러 온 것이라는 뜻을 밝히며 명일부터 이삼일 간 계속하여 예심豫審이 있다는 용무를 전하는 것이었다.

예심 기간 중에는 변호인 K소령은 참석치 않는다고 한다. 어쩐지 이 말이 섭섭하다. 나는 K소령을 붙들고 예심 중에도 동석하여 주기를 청하였다. 그러나 K소령은 그럴 수는 없으니 항변에 궁하거나 불복이 있을 때에는 언제든지 CIC R대위를 통하여 연락하면 곧 오마 하면서 가 버렸다.

대체 군법회의에 있어서 예심이 무엇에 필요할까. 이에 대한 예비 상식을 얻으려고 저녁 늦도록 R대위나 R중위를 기다렸으나 종시 만날 수가 없었다.

오늘은 축일이건만 평일보다도 더 청내廳內가 뒤숭숭하다. 저녁 식사 시간이 지났는데도 여전히 어수선하다. 무슨 일이 있나? 감시병에게 물었다. 모 언론인 수명이 간첩 혐의로 문초를 받고 있어 전원 야간 특근이라는 것이다.

상관들이 퇴청치 않은 관계로 감시병도 긴장한 태도다. 오래간만에 죄수다운 얌전한 시간을 보냈다. 야식 준비에 취사장도 조용치 않다.

밤늦게 대장이 찾아와서 앞으로 군법회의에 임할 여러 가지 필요한 지식을 이야기하며 10분 남짓 격려와 위로를 베풀어 주고 갔다. 참으로 인정이 고맙다.

대장이 돌아간 뒤에 R하사가 싱글벙글 웃으며 과일 한 소반을 들고 들어와서 내 앞에 내려놓는다. 대장께서 대간첩 사건을 적발한 피로披露로 한턱 쏘는 것인데 특히 이 간첩 사건의 적발에 있어서 안두희의 간접적인 공이 크다 하여 특사特賜하는 상賞의 과일이라는 것이다. 공이란 무슨 내용인지는 모르나 아닌 게 아니라 감시병 두 사람의 몫이 내 한 사람 몫보다 적은 사실로 보아 특별한 뜻이 있음이 분명한 것 같다.

입창 이래 죄수로서 과분하다고 느껴 본 적이 한두 차례가 아니었지만 오늘 같은 우대는 참말로 황송스러운 일이다. 감시병 두 명과 더불어 세 사람 몫을 합쳐 놓고 웃음판이 벌어졌는데 R대위가 나타났다. 갑자기 좌석을 정돈하노라고 당황하는 양을 보고 도리어 R대위는 자기도 한 몫 끼어 달라는 듯이 호주머니에서는 과자와 사과를 끄집어내면서 웃는다.

특근은 자정이 다 되어서야 끝난 모양이다.

새벽 3시가 되도록 잠이 오지 않는다. 어디에서인가는 군수郡守가 몸소 제관祭官이 되어 기우제까지 지냈다는데 오늘밤도 검푸른 하늘에는 별빛만이 날카롭다.

7월 20일(수요일) 맑음

선잠을 깨었다. 몇 시나 되었을까. 희미한 전등 가에는 아직도 부나비가 날고 있었다.

'푸프응' 첫 전차 소리가 들린다.

새로운 고역이 시작되는 날이 밝는구나. 오늘부터는 구면의 CIC 취조관도 아닌 초면 검찰관과 씨름을 하여야 할 것이며 변호인과도 만나야겠고 장차 예심이 끝나는 대로 공판정에 나서야 될 것이며 또 신문 기자와도 부대끼게 될 것이다.

수많은 방청객 앞에서 공판에 임할 처신도 처신이려니와 무엇보다도 같은 말을 또 다시 수없이 되풀이하여야 할 생각을 하니 눈앞이 어두워진다.

아침식사도 입맛이 당기지 않아 그대로 물렸다.

"지하실 잡감방에서는 밥 한 주먹 가지고 싸움이 벌어지는 판인데 안 소위님은 꽤 고급이신데?"

남의 속 모르는 R하사는 농담을 건네며 웃는다.

아홉 시도 채 못 되어 취조실로 불렸다. 어제 왔던 관선 변호인 K소령이다. K소령은 낯모를 민간인 중노신사中老紳士를 소개한다. 다른 분이 아니라 전 대법관이시던 이상기李相基 선생이시다. 선생께서는 민간 변호인으로서 당국의 위촉을 받고 K소령과 더불어 나의 변호를 담당하게 된 것이다.

이로써 살인수인 나에게 변호인이 두 사람이나 붙게 되었으니 국방부나 육군본부의 의도를 알다가도 모를 노릇이다. 죄과가 살인이요, 살인 중에서도 시역의 죄인인 나에게 무슨 변호인이 필요할 것인가. 굳이 형식상 필요하다면 K소령 한 사람으로도 태산이지 다른 분도 아니신 법조계의 원로 이 선생까지 동원시킬 것이야 무엇 있나. 연로하신 이 선생님에게까지 폐를 끼칠 생각을 하니 도리어 민망스럽다.

인사가 끝나자 이 선생과 K소령은 책상 위에 산더미같이 쌓인 R대위, R중위 손으로 작성된 나의 조서와 헌병사령부에서 취급한 김학규, 홍종만의 조서를 뒤적여 가며 나에게 대한 보충 질문에 따라 메모를 한다. 이 보충 질문도 일찍 여러 차례 되풀이하여 온 R대위나 R중위의 심문 범위 내의 것이다.

이 선생과 K소령은 정오가 넘어서야 겨우 메모를 걷으며 명일 오전을 약속하고 가 버렸다. 시원스럽다.

점심이 끝나기가 무섭게 또 취조실로 부른다.

이번에는 검찰관 H소령과 김 대위다. 대번에 태도가 어제와는 딴판인 것을 알 수 있다. 그렇게 상냥하던 분들이 이렇게도 냉철하여질까. 지난날 취조 개시 당시의 R대위나 R중위 류가 아니다. 앞으로 이 사람들과 싸울 생각을 하니 저절로 긴 한숨이 나간다.

검찰관들은 민주주의의 인권 옹호에 대한 사전 강의를 약 20

분간이나 늘어놓고 본 취조에 옮겼다.

검찰관, "본 취조에 들어가기 전에 피고인의 인권을 존중하고 옹호하기 위하여 묻겠소. 피고인은 본건 담당 검사와 변호인에 대하여 이의가 없는가? 군법회의 있어서는 피고인으로부터 검찰관이나 변호인의 부당성을 지적하여 인물을 거부할 수 있으니 재판정에서도 말할 수 있지만 미리 말하라."

범인, "이의 없습니다."

마음속으로 웃었다. 내가 어떻게 법무관의 적부適否를 헤아릴 수 있을 것인가. 법무관이 내 친구인들 어찌하며 친척인들 어찌하랴. 오로지 법 그것뿐일 것이니 무슨 인물 자체에 호부好否가 있으랴.

검, "당국으로부터는 군법회의 일자를 7월 28일로 정하였는데 피고의 형편과 준비 관계에 지장이 없는가? 또 피고로부터 따로 원하는 날짜는 없는가?"

범, "없습니다."

검, "그 외 군법회의에 있어서 피고인으로부터 특히 제시하고 싶은 조건이 없는가?"

범, "있습니다. 군법회의의 실황을 처음에서부터 끝까지 라디오로 전국에 중계방송을 하여 주십시오. 이것이 단 한 가지 조건이며 죽음을 각오한 나의 철저적徹底的인 염원이오니 들어 주셔야겠습니다. 그리고 이 중계방송 절차를 미리 신문을 통하여 널리

주지시켜 주십시오."

검찰관들은 의외로 튀어나온 이 조건에 자못 딱한 듯이 입을 다물고 한참 동안 묵묵하였다.

검, "이것은 의외의 조건이요, 중대한 문제이니 본관으로서는 즉답하기 곤란하다. 상관, 즉 군법회의 설치장관의 승인을 얻어야만 될 것인데 본관의 추측으로서는 이 요구가 관철되리라고는 믿어지지 않는다. 만약 설치장관이 이것을 승낙치 않는다면 피고는 어떻게 할 심사인가?"

범, "출정 명령에 응하지 않을 따름입니다."

나는 단단한 각오로 강경히 버텼다. 검찰관은 못마땅하게 여기는 기색이 분명하다.

검, "오늘 오후에 상신上申은 하여 볼 예정이나 믿지 않는 것이 좋을 것 같다. 그러면 계속하여 심문에 응하라."

범, "지금 이 자리에서도 심문에 응하지 않겠다면 검찰관으로서는 저를 어찌할 작정이십니까?"

나는 가차 없이 도전의 화살을 던졌다. 검찰관도 부화가 났다.

검, "피고는 항거의 의사를 그런 형식으로 표시하는가?"

범, "네! 내 요구가 거부되면 예비심문에도 응치 못하겠습니다. 설치장관 각하의 승인이 내릴 때까지 예심도 중지하여 주십시오."

나의 당돌한 태도에 검찰관은 야기가 바짝 치밀었는지(약이 바짝 올랐는지) "알겠다. 또 오겠다" 하고는 서류를 탁탁 집어치우고 벌떡 일어서 나가 버린다.

그들이 나간 뒤 취조실에는 나 혼자만이 남았다. 반 열린 문 밖에는 입초 선 감시병의 발그림자만이 어른거릴 뿐이다.

이 중계방송 문제는 오늘 이 시간에 돌발적으로 생각난 요구 조건이 아니다. 벌써 수일 전 마지막으로 취조 받던 날 취조관 R 대위에게 문의한 바 있었다. 그때 R대위로부터 "나 개인의 의견으로서는 매우 좋은 구상이라고 생각된다. 그러나 이것이 전례에 없는 일이요, 상식적으로도 허가키 어려운 일이 아닐까. 여하튼 피고로서는 한 번 요구할 법도 한 일이니 제시하여 보라. 이것은 나의 소관사가 아니요, 장차 만날 검찰관을 통하여야 될 일이다. 구두로라도 내대어 보라"는 이야기까지 들려 준 일이 있다. 그리하여 그 후부터 은근히 이 조건 제시의 기회를 기다려 왔던 것이다.

저녁 감시병으로부터 '문을 박차고 나간 검찰관들은 대장실로 들어간 지 약 30분 후에 웃는 얼굴로 나갔다'는 소식을 들었다. 장차 어찌 될 것인가.

이미 CIC 수사관의 취조는 끝났고 이삼일 내로 당국으로부터 진상 발표가 있으리라 하며 사형이건 무기건 머지않아 공판으로써 내 사건은 완결될 이 마당이니만치 최후로 이 염원이나 풀어 보자.

그러면서도 억설臆說 아닌 억설, 중계방송을 강요하는 내 심정을 재삼 냉정히 자성하여 보았다. 공판정의 실황이며 사건의 진상은 중계방송을 통치 않더라도 신문 잡지 기자들이 대기하고 있을진댄 어련할 것인가.

이것이 일종의 천박한 영웅심이 아닐까 자책하면서도 어쩐지 이 요구를 철회하고 싶지 않다. 탓이 있다면 나의 선천적인 괴벽의 탓인지도 모른다.

오늘 저녁에도 야간 특근 덕분에 밤참을 얻어먹었다.

잠 못 자다.

7월 21일(목요일) 맑음

　새벽 인근 중국집 화재 소동에 선잠을 깼다.

　아침밥 맛이 당기지 않는 것은 팔자에 없는 밤참을 먹은 탓이 겠지.

　올 줄 알았던 검찰관도 변호사도 점심때가 넘도록 나타나지 않 았다.

　오후. R대위가 땀을 뻘뻘 흘리면서 러닝셔츠 바람으로 감방에 찾아왔다. 중계방송 요구에 대한 소식인가 하고 들어서기가 바쁘 게 물었다. R대위는 싱글벙글 웃으면서 고개를 좌우로 흔들었다. "심심할 테니 이거나 보시오" 하면서 들고 온 신문 한 장을 던지 고 그대로 가 버린다.

　21일자 동아일보다. 입창 후 네 번째 만나 보는 반가운 신문이 다.

　펴든 것이 1면이다. 톱에 캐나다 국의 우리 한국 정부 승인 보 도가 실려 있고, 임林 장관의 담화가 장식되어 있다. 이로써 우방 의 승인은 50개국 째일 것이다. 대략 제목만 골라 보고 지면을 뒤 집었다. 2면은 태반이 '김구선생살해사건진상발표'로 메워져 있 지 않는가. 가슴이 뭉클하며 눈앞이 캄캄하여짐을 느꼈다. R대 위가 부랴부랴 이 신문을 갖다 준 뜻을 이제야 알았다.

김구 선생이라는 활자와 안두희라는 활자가 수없이 눈에 띈다. 그 간 순여旬餘(열흘여)를 두고 취조에 노력한 것은 이 CIC의 R대위와 R중위인데 표제는 헌병사령부 취급으로 되어 있다.

범인의 이력이니 범행의 원인과 동기니 사후 조치니가 몇 단으로 나누어 상세히 실려 있다. 모든 것이 사실 그대로요 비록 문답식으로까지는 적혀 있지 않을망정 나의 진술한 바와 틀림이 없다. 그러나 시간과 장소에 있어서 다소 저어齟齬가 있음은 불쾌하다. 나 자신의 기록이면서도 눈을 떼지 않고 재독하였다.

내 사건 기사와 대조적으로 같은 2면 좌편에는 '남로당 국회프락치 활동상황 보고서'가 실려 있다. 이것은 제9회 째의 연속 게재이다. 이 보고서는 앞으로 며칠이나 더 계속될 것인가.

내 사건 기사와 국회 프락치 기사가 일동(동일)한 지면을 타게 된 것도 어떤 숙명의 작희인 것만도 같다.

그 이문원李文源, 이구수李龜洙, 최태규崔泰圭와 노일환盧鎰煥, 박윤원朴允源, 강욱중姜旭中, 김병회金秉會, 김옥주金沃周, 황윤호黃潤鎬, 김약수金若水 등 제공諸公도 지금 이 시간에 이 보도를 보고나 있는지….

뭔지 모르게 마음이 어수선하다.

7월 22일(금요일) 맑음

　아침 일찍이 K소령이 찾아왔다.

　K소령은 어제는 딴 데 바쁜 용무가 있어서 내방치 못했노라는 인사에 이어 내가 묻기 전에 중계방송 문제에 대하여 H소령과 상의한 전말을 이야기한다.

　"어제 H소령을 만난 자리에서 피고로부터 요청한 중계방송 문제에 대하여 상의한 바 있었는데 H소령은 예기豫期 못 했던 일이라 당초에는 못마땅하게도 생각하였던 모양이나 심사하여 본 결과 안 소위의 심경을 이해하고 동정하게 된 것 같습니다. 나도 이에 공명하였지요. H소령도 청년 장교의 한 사람이요, 이해 있는 분이라 '이번엔 무슨 악운이기에 검찰관이라는 거북스러운 직책을 맡게 되었는고' 하면서 머리를 흔듭디다. 어제 여기 나타나지 않은 것도 심경에 복잡한 사정이 있었기 때문이겠지요. 작일昨日(어제) 중으로 군법회의 설치장관에게 품의하여 보았을 겁니다. 내가 오늘 오후에 이상기 선생과 만날 약속이 있으니 이 선생과도 상의하여 되도록 운동을 전개하여 보지요."

　지극히 부드러운 어조로 나의 심정을 쓰다듬어 주는 것이었다. '최선을 다해서 안 되면 할 수 없는 것이지' 나 자신도 이해할 수 없는 고집이 어지간히 풀리는 것 같다.

화제를 바꾸어 변호 작전에 대한 준비 여하를 넌지시 물었다. K소령은 얼굴에 미소를 띄우며,

"중요한 골자는 조서에 적혀 있고 보충 지식도 그제 질문으로 써 충분히 흡수하였으니 이제 더 물어 보았댔자 그 말이 그 말일 것이겠지요. 이 이상 뇌를 쓸 것 없이 지엽적인 문제는 백지전술로 임합시다. 조서는 나는 대략 열람이 끝났습니다마는 이 선생은 지금 읽고 계시겠지요. 아직도 일자가 일주일이나 여유가 있으니 조서에 미비한 점이 있든가 또는 새로이 보족補足할 의견이 있으면 미리 말하십시오.

어제 신문에 게재된 진상 발표에 조서 내용과는 다소 어긋난 점이 있었는데 이것은 어떻게 하면 좋을까요? 이것도 심판의 귀추에 큰 영향이 있지 않는 한 그리 문제 삼을 것도 없지 않아요? 사소한 것들은 취조관에게 일러나 둡시다."

염려 말라는 것이다. 하기야 딴은 그리 복잡할 것도 없는 노릇이다. 그러나 어차피 범인 자체가 살인수니… 하는 푸대접만 같아서 섭섭하다.

나 본래 변호인의 조언을 바란 것도 아니요, 또 이 사건의 진상을 밝히려는 것이 연명을 희구하는 소이가 아니거늘 새삼스러이 법무관의 친불친親不親을 탓할 바 있으련만 비록 살인 행위는 밉다손 치더라도 이 사건 내용에 개재된 국가적인 사실이 중대할진댄 어찌 진상 규명을 소홀히 할 수 있으랴. 이런 감정도 이 마당

에 임한 나의 자격지심에서거니 하고 자제는 하지만—

오후에는 검찰관이 찾아왔다.

H소령은 인사도 없이 개구일번開口一番(입을 열자마자 먼저) 전의 말을 계속하듯이 예의 중계방송에 대한 이야기를 꺼낸다.

H소령은 오늘 아침 비서를 통하여 장관께 피고의 요구 조건을 품의하였더니 일언지하에 각하되고 말았다는 것이다. 예기한 바 아닌 것은 아니나 품의도 하여 보지 않고 거짓말로 호도해 버리는 것만 같이 보인다. 냉정히 생각한다면 그렇지는 못할 것이다. 딴 사람도 아니요, 신성한 법관이며 더욱이 중요한 검찰 담당자로서 거짓은 없을 것이다. 그러나 어쩐지 믿어지지 않는다.

끝내 항거하고 싶은 충동이 북받친다. 이것이 사실 장관의 거부이건 H소령의 거짓이건 간에 내 요구가 거부되었다는 것뿐이 아닌가.

"그러면 초지初志대로 나는 출정을 거부하겠습니다."

나는 발악적으로 항쟁을 시도했다.

H소령은 때로는 위협도 하고 때로는 회유도 하며 끝내 접전을 사양치 않는다. 옆에 김 대위는 말은 못 하고 입만 다실 뿐이다. 나는 대세가 불리한 줄 짐작하면서도 퇴보의 기세를 보이지 않았다. 그러나 논쟁 30분여에 드디어 백기를 들고 말았으니 "정 그러시다면 딴 요구가 있습니다" 하고 절충안으로 제2안을 내걸었다.

"사건이 사건이니만치 당일은 정리가 곤란하리만큼 방청객이 살도殺到(세차게 몰려듦)할 줄 짐작합니다. 법정 앞 광장과 법원 정문 노변에 확성기를 장치하여 주십시오."

H소령은 껄껄 웃으면서 내 얼굴을 쳐다본다. '이 녀석아, 무슨 배짱이냐? 뻗대 보았댔자 내 비위를 거슬러서 이로울 것 없어' 하는 거겠지. 그러나 할 수 없었던지 절충안을 다시 품의하여 보겠노라고 하면서,

"만약 제2 요구마저 통치 않으면 어쩌겠나?" 하고 따진다.

이 질문까지에는 후안厚顔을 부리는 나로서도 대답이 나가지 않는다.

이 이상 새로운 결론을 얻지 못하고 유야무야 가 버리고 말았지만 모두가 나의 변태적인 허세로 귀착될 것만 같다. 어차피 통치 못할 조건일진댄 애당초 제시하지나 말 걸, 제시하였더라도 눈치를 보아 점잖게 순순히 철회할 걸 하고 내심으로 후회하였다.

법무관이 나간 뒤에 R중위가 들어와서 흥미를 가지고 논쟁의 결과를 묻는다.

"패배외다" 하였더니,

"안 소위도 감방 한 달에 야꾸(야코)가 죽었어—" 하며 껄껄댄다.

저녁. 냉수욕을 허가하면서 관물로 짐작되는 군복과 내의 1습襲을 들여 준다. 입창 후 두 번째 갈아입는 옷이다. 벗은 옷을 보니 나 보기에도 망측하다. 법무관들의 눈에는 오죽하였으랴.

7(원본에는 二로 오자)월 24일(일요일) 맑음

우기를 품은 듯이 보이는 지난 밤 반가운 날씨는 날이 새면서 도로 씻은 듯이 청청하다.

일요일이라 외출 차례의 감시병들이 이른 아침부터 서성거린다.

웬일인지 어제는 H소령도 김 대위도 일절 나타나지 않았다. 오늘은 물론 아무도 아니 올 것이다.

열두 시경. 오래간만에 만나는 정보국 한 대위가 찾아왔다.

한 대위는 본래 나와 동향인 용천 출신으로서 서울 와서 비로소 지면知面하였지만 지금에는 너, 나 하는 막역의 친우다. 내가 서청운동 당시 대對 이북 정보 공작의 일익을 담당했던 관계로 (한 대위는 그때부터 정보국에 근무) 공적으로도 자주 만날 기회가 있었지만 향우지정이라 가족적으로도 한집안같이 거래하였다. 손을 꼽아 보면 3개월 만에 만난 것이다.

"그 동안 여기는 안 왔지만 태평로 너의 집에는 수삼차 갔댔다."

한 대위는 미안하다는 듯이 내 어깨를 두드린다.

한 대위는 내 사건 발발 직후 태평로 집에 달려갔더니 입초 헌병이 들여 주지 않아서 아무도 만나지 못하고 돌아왔다 한다. 며칠 후에 노상에서 경신 군(나의 동서)을 만나 입초 헌병이 철수하고 출입이 자유로이 되었다기에 다시 한 번 찾아갔더니 가족들을 만나기는 만났으나 그때는 어디로인지 이도移徙 준비를 하고 있는 눈치이며 친한 한 대위 자기에게조차도 행방을 알려주지 않는 초조한 분위기더라는 것이다.

분명히 소중한 내 권속眷屬의 동태動態요, 내 무감동한 표정이 열심히 이야기하고 있는 한 대위에게 대하여 미안하리만치 스스로 느껴졌다.

한 대위는 이런 인사조의 이야기를 하고 나서 무슨 배바쁜(바쁜, 분주한의 평안북도 방언) 용무가 있는지 "가야지. 그러면 또 올게" 하면서 악수를 청하더니 손을 맞쥔 채 천정을 한참동안 쳐다보며 말을 주저주저하다가 "그런데 전할 말이 있네. 이북에 계신 자네 아버지 안부일세" 하고 다시 입을 연다.

'아버지 안부?' 귀가 번쩍 뜨인다.

두 사람은 도로 의자에 앉았다.

─이것은 정보국에 입수된 확실한 산 정보로서 6월 26일날 김구 선생이 살해당하였다는 뉴스가 전해지자 북한 전역도 슬픔과 흥분에 휩쓸려 신문이며 라디오는 이 사건의 보도와 논평에 전력을 다하였다. 물론 두희를 매도하며 한국 정부를 중상하기에 기교를 베풀었다. 이런 와중에 며칠이 지나자 지금 홀로 남아 계신 아버지가 붙들려 가고 지식분자라 해서인지 이미 출가한 지 5년이나 된 누이동생 용옥龍玉이도 잡혀 갔다. 구금된 곳은 신의

주보안서(경찰서). 살인한 것은 범인 장본인의 죄지 그 가족이야 죄 받을 것이 무엇이랴. 하물며 금단선禁斷線에 갈려서 남에 있었고 북에 있었거늘. 놈들도 좀처럼 구실이 닿지 않았던지 구속 5일 만에 용옥이만은 석방하였다.

그러나 아버지는 아직 소식이 묘연하다. 일절 비밀에 붙이기 때문에 이송된 행방도 모르고 생사조차 알 길이 없다—.

'아버지가….' 천만몽외千萬夢外의 일이다. 나는 지금까지 내 자신의 생사관과 처신 문제에 골독했고 나머지 생각이 있었다면 처자 문제에까지는 상도相到되었을망정 기세氣勢 이미 연만年晩하셨고, 38선 저 편 지대에 이름 없이 은거하신 아버지에게 누를 끼치리라고는 염려치 못했다. 이것도 효성이 부족하였기 때문이었구나.

모든 괴로움을 자제하여 기꺼이 죽음에 취就하여야 할 나, 그러므로 김구 선생님을 찾으며 우는 울음 이외의 울음이 있어서는 안 될 나였건만 나도 모르게 북받치는 이 설움—.

명인嗚咽을 금할 수 없다.

"아버지! 두희 이 한 몸 시역의 죄만도 천만 번 고쳐 죽어 다함이 없삽거늘 나머지 불효의 벌 또 무엇으로 감당하오리까."

주위를 잊고 흐느꼈다. 한 대위와 작별인사도 나누지 못하고 울었다.

생각할수록 가엾으시다. 연세 이미 육순이시요, 20년래의 지병

(위장병)으로 상시에도 세심細心의 조섭調攝을 요하시던 몸이 그 무지한 핍박에서 벌써 근 한 삭이나 시달렸을 터이니 지금껏 생명인들 부지하였으랴.

자식이 그렇게도 지중至重하셨던지 4남매의 소솔所率(딸린 식구들)을 죄다 월남시키고 나서야 자신마저 넘으시려다가 아직 뜻을 채 이루시지 못하시고 홀로 남으셨으니 그 간 타향 아닌 타향에서 얼마나 외로우셨으랴. 내가 월남의 길을 떠나던 때 은밀히 양시역楊市驛까지 배웅하여 주시면서 누누이 몸조심을 분부하시던 그 모습! 아직도 눈에 암암하다.

참말로 기구한 부자지정이었다.

아버지께서는 일찍부터 사업장을 신의주 등지에 두시고 지내시면서 본댁인 구가에는 해마다 몇 차례씩 다녀가시는 정도로 왕래하셨기 때문에 나는 일곱 살에 어머니를 여의고 나서는 거의 형님 시하에서 자라다가 철이 들 무렵부터는 유학이니 장사니 하면서 해외로 떠돌았던 것이다. 이리하여 나는 부모의 품과 멀리서 자랐다. 따뜻한 정이 나이 들면서 더욱 절절히 그리워졌다.

점심밥도 저녁밥도 먹지 못하고 식반을 그대로 물렸다. 감시병도 나의 눈치를 알아차렸음인지 말이 없었다.

잠 아니 오는 밤은 더욱 고요하다.

7월 25일(월요일) 흐리고 한때 비

아침녘, 변호인도 오고 검찰관도 왔다.

예측한 바대로 나의 제2 요구 조건인 공판 당일 확성기 장치도 끝내 거부당하였다는 것이다. 이래도 좋고 저래도 좋다. 항거하고 싶던 전날의 흥분도 그만 식었다.

중계방송, 확성기 문제 등으로 가외 시간이 소비되고 예비심리가 다급하여졌기 때문에 군법회의 개정 일자를 8월 3일로 연기하였다는 통지를 받았다.

어젯밤 숙면치 못한 탓인지 오늘은 말도 하기 싫다.

"어차피 늦었으니 예심심문도 내일 시작하십시다."

들어 줄 것 같지 않은 청을 붙여 보았다. 검찰관들은 잠깐 귓속말을 주고받더니 무엇이 타합打合되었는지 'OK' 하고 즉석에서 쾌락快諾하며 기분 좋게 가 버렸다. 고맙다.

그러면 오늘 하루 심경을 가다듬어 가지고 청신한 기분으로 내일에 임하자.

점심시간에 식반을 나르는 취사병의 뒤를 따라 R대위가 들어왔다. R대위는 무슨 소식을 듣고 왔는지 친절히 내 곁에 다가앉으며 '무슨 심경에 변화가 생겼나? 몸에 병이 생겼나? 대장도 근심하고 있으니 무슨 청請이라도 있거든 사양치 말고 말하라'고 은

근히 내 안색의 변화를 따진다. 식반에는 상시에 볼 수 없는 생계 란 두 알이 올라 있다.

호의를 받아들이면 그들의 이같이 염려하여 주는 인정이 고마 우며 악의로 해석한다 해도 밉든 곱든 공판이 끝날 때까지는 사 고 없이 건강히 지내야 할 것을 바라는 마음을 헤아릴 수 있는 것이다.

심경은 자못 서글프나 구태여 설파할 것까지는 없었기에 R대 위의 '청이라도'라는 말에 뒤받쳐서 "신문이나 좀 보여 주세요" 하 고 '청請'을 댔다.

청대로 신문이 차입되었다. 25일자 동아일보다. 1면에는 지난 번 미국 상원 외교위원회에서 통과된 대한원조안이 동 상원본회 의에 제출되었다는 외신이 상좌上座로 차지하고 있고, 2면에는 국회 프락치 사건의 발단인, 여간첩 정재한鄭載漢 사건(국회 장악 지령문을 음부에 숨겨 와 국회 프락치사건의 주모자에게 전달한 남파 여 간첩사건)의 진상기眞相記(제3회)가 실려 있다.

그렇게도 오랫동안 시치미를 떼고 애태우던 날씨가 오늘은 낮 부터 검은 구름이 흥청댄다. 비가 오려나?

7월 26일(화요일) 비

'쏴아아' 하는 소리를 귓가에 들으며 눈을 떴다.

비다! '어어, 잘 온다.' 어른들 떠드는 소리, 어린애를 재재거리는 소리, 문 여닫는 소리, 물통에 빗물 받는 소리 원근동리遠近洞里가 신이 나서 야단법석이다.

패연沛然히 내리는 비는 두희의 마음도 축여 주는 듯 오그렸던 사지가 저절로 펴지는 것 같다.

조반이 끝나자 취조실로 불렸다.

H소령, 김 대위 검찰관들도 찬우사讚雨辭로 인사에 대신하면서 명랑한 기분으로 맞아 준다.

심문은 상상 이외로 간명하며 요령만을 집어 들기 때문에 그리 지루한 감도 느끼지 않았다. 도리어 흥미 있는 구절도 많았다. 인상적인 부분 몇 줄 적어 보기로 하자.

문, "피의자는 기旣히 진술한 부분에 정정을 요하는 점은 없는가."

답, "없습니다."

문, "앞서 취조 담당관으로부터 심문 받을 적에 부당한 협박, 공갈이나 고문을 당한 사실은 없으며 피고인 자신의 의사에 배치되는 진술을 한 점은 없는가?"

답, "없습니다."

문, "그러면 앞서 작성된 조서를 피의자가 그대로 시인하는 것으로 간주하고 이에 의하여 예비심리를 진행시키려 하는데 이의 없는가?"

답, "없습니다."

문, "피의자는 6월 26일 오전 10시경 시내 태평로 자택에서 나왔다 하며, 집을 나설 때부터 전에 없이 기분이 우울하였다는데 그것은 출가시 이미 모종 범행의 결심이나 예감에서 나온 심리 작용이 아니었을까?"

답, "정치적인 고민은 수 개월 전에 발아된 것이지만 당시 국회 프락치 검거로 경교장에 대한 의아심이 커져서 매일 밤 좀처럼 숙면을 이루지 못하던 데다가 25일 밤에는 가처家妻가 낙태 소동을 일으켜 철야를 하고 났기 때문에 일어난 생리적인 피로의 발작이었다고 생각됩니다."

문, "6월 24, 25일 양일간 포병대 결근 이유는?"

답, "이번 국사봉 사건에 국군 창설 후 처음으로 포병대가 출동하게 되었는데 포병사령부 작전 명령이 제7대대 중에서 1개 중대 출동이라 하기에 당시 제7대대 제1중대장이었던 나는 틀림없이 우리 중대라고 믿고 숙원이 달성되었다는 기쁨에 작약雀躍하고 있는데도 불구하고 돌연 연락장교로 전속되었으니 그 실망이 얼마나 하였겠습니까. 이런 기분 관계로 며칠 부대에 나가지 않기로 했던 것입니다."

문, "범행 전일인 25일 야간에 부인께서 낙태하였다는 것은 이 범행 일자와 대조해 볼 때 우연한 일이라고 볼 수 없는데 그 낙태 원인은?"

답, "인가隣家에 거주하는 경찰전문학교 의사인 주치의 말에 의하면 원인은 영양불량과 과로라고 하며, 가처의 생리적인 사고와 나의 범행과 무슨 관련이 있겠습니까?"

문, "전야에 낙산한 환자 있음에도 불구하고 일요일날 급한 용무도 없이 간호는 아니 하고 외출은 왜 하였을까?"

답, "낙산이라고는 하나 임신 2개월밖에 안 된 것이요, 익일 아침에는 통증도 없었고 내가 외출할 때에는 당시대로 일하고 있었던 것입니다."

문, "전날 진술에는 이 날 경교장을 방문케 된 것은 시청 앞을 걷다가 우연히 생각된 것이라 하였는데 그런 것이 아니라 전부터 미리 세웠던 계획이 아닐까?"

답, "김약수 의원이 체포되었다는 뉴스를 듣고 김구 선생님에게 한 번 따져 보리라 하는 생각은 미리부터 있었으나 날짜나 행동에 무슨 구체적인 계획은 없었고, 그저 산책 기분으로 나섰다가 생각이 났던 것뿐이니 방문할 때까지의 심리와 당시 범행과는 직접적인 관련은 없습니다."

문, "그러면 자연장 다방에 들어간 것은 마음을 정돈하려 함이었다는데 그것은 무엇인가?"

답, "원 조서의 답 그대로입니다."

문, "피의자는 한독당 조직부장으로부터 비밀당원증을 받았다는데 강요한 것은 아닌가?"

답, "군인으로서 정당에 가입하는 것부터가 비법非法인 줄 알면서 그나마 제시할 수도 없는 비밀당원증을 무엇 때문에 강요하겠습니까. 또 강요에 의해서 발급할 성질의 것도 아닙니다. 그 반증으로 수취한 날로 밀봉하여 가처에게 맡겨 둔 사실을 참작하여 주십시오."

문, "김구 선생으로부터 받은 친필 족자 두 폭은 범인의 청에 의한 것이 아닌가?"

답, "첫 번 족자는 입당을 기념한다 하면서 입당한 지 약 한 달 후인 안중근 의사 기념일 다음날 김학규를 통하여 받았고, 다음 것은 윤봉길 의사 기념일날 경교장에 갔다가 여러 사람에게 나누어 주는 중에서 받았습니다. 두 번 다 요청한 것은 아닙니다."

문, "김구 선생에게 포탄피로 만든 화병을 증정한 뜻은?"

답, "전술한 대로 양차에 걸쳐 족자를 받은 수일 후 선생님을 방문하였을 적에 초초草草스러운 유리병에 시든 꽃이 꽂혀 있는 것을 보았습니다. 그렇지 않아도 나로서 분에 맞는 선물을 증정하였으면 하던 차라 직각적直覺的으로 언젠가 부대장 댁에서 본 포탄피 제製 화병의 우아스러움을 상기하고 이런 힌트에서 족자 선물 보답차 만들어 드린 것입니다."

문, "김구 선생께서 피살 직전 피의자에게 한 말 중 최후의 말은 무엇이었나?"

답, "소상히 기억에 남기지는 못했으나 '이놈! 이 고약한 놈! 네가 감히 이런 질문을 할 수 있단 말인가. 찢어진 입이라고 해서 함부로 지껄이는 거냐. 그 간 베풀어 준 총애와 지도에 대하여 이것이 보답이란 말인가. 이놈! 들어라. 나에게 반동함은 민족에게 반동이요, 국가에 반동인 줄 몰라? 이놈!' 이런 의미였습니다."

문, "피의자는 김약수, 국회 프락치 여섯 의원과 김구 선생 사이를 과장하여 생각하는 것 같은데 그렇게 경교장을 드나드는 동안 이 인물들과 대면한 일이 없단 말인가?"

답, "직접 대면한 일은 없었습니다. 그러나 4월 하순경 어떤 일요일날 경교장을 방문하였을 때에 선객이 있다기에 응접실에서 순차를 기다리면서 선객이란 누구냐고 물으니 '김약수 영감인데 벌써 한 시간 반이나 되었다'는 이 비서의 대답을 들은 바가 있을 뿐만 아니라 이와 전후하여 '지금 손님은 국회의원 누구누구인데 소장파 영도급의 쟁쟁한 투사'라는 말을 수차에 걸쳐 들었던 것이며 비서가 전하는 귓속말 소개로 알아차린 노일환의 처도 본 일이 있습니다.

또 김학규, 홍종만과 같이 수차 출입한 종로 뒷골목 은근짜집 요리점 매덤(마담)이 김약수의 소실이라는 것 등을 미루어 볼 때,

이것만으로도 한독당과 소장파의 긴밀한 연락이 있음을 입증하고도 남음이 있지 않습니까."

문, "8.15를 전후한 특별 행동 지령 운운은 무엇을 의미함이며 어떤 지령이리라고 생각했는가?"

답, "단언하기는 어렵습니다. 그러나 김학규 기타 고참 당원들의 이런 화제에 임할 때 심각한 표정만으로 고개만 끄덕이는 것으로 보아 규명하기 무서운 어떤 음모라고 생각하게 되었습니다."

그들은 저녁 6시경 중지하고 명일을 재약再約하면서 돌아갔다.

피우다 남은 담배 반 갑을 얻었다.

피곤하다.

7월 27일(수요일) 비

아홉 시에 불렸다. 우중인데도 검찰관이란 부지런도 하다.

남은 정말 싫증이 나서 죽을 지경인데 그들은 막 꿀맛이 나는 모양이다.

종일 시달리다가 오후 네 시경 겨우 감방으로 돌아오는 길에 복도에서 B하사를 만나 면회실로 끌려갔다. 포병대 제7대대 부대대장 K대위와 나의 후임자인 동同 제1중대장 홍 중위 두 사람의 내방이다. 반가웠다. 명분은 사무 인계라는 용무로 면회를 청한 것이나 실정은 그것이 아니고 사건 발생 이래 면회를 사양하고 있던 포병대 동료들을 대표한 위문인 것이었다.

사실상 인계할 잔무도 아무 것도 없는 것을 가지고 공무연公務然하는 태도로 명분을 호도하다가 안내한 헌병이 나간 뒤에는 본의를 토로하여 격조隔阻되었던 정회情懷를 풀기에 주위를 잊었다. 그 동안 대내隊內의 사정이며, 사건 후 동료들 간의 나에 대한 여론이며, 지금 나의 옥중 심정 등 물을 말도 많았고 대답할 말도 많았다.

여러 가지로 새 소식이 많았지만 개중에서도 한경석韓敬錫 중위의 전사는 놀라운 뉴스일 뿐만 아니라 나에게는 만감을 자아내는 낭만적인 사실이 아닐 수 없다.

한경석 중위는 지난날 내가 그렇게도 바라던 국사봉전투에 출동된 제3중대장이다. 지금에 와서는 국군 포병의 초진을 장식하였다는 역사적인 영예를 부러워함도 아니요, 과병寡兵으로써 중적衆敵을 무찌르다가 산화한 무혼을 찬탄하려 함도 아니다. 이런 감회야 누구라 다르랴.

이런 상식적인 감회 이외에 나만의 받는 심정의 충격이 따로 있기 때문이다.

술회컨대 내가 택하였던 사지死地, 내가 캐치했던 찬스를 불계不計로 한 중위가 빼앗은 것이 되고 말았기 때문이다. 그때 내 소원대로 내가 명령을 받고 그 시간 그 자리에서 내가 죽었던들 오늘날 이런 시역의 비극이야 면하였을 것이 아닌가.

당시 그 의외의 작전 명령이 인위적인 것만이 아닐진댄 이것도 기구한 운명의 장난이 아니고 무엇이랴.

물론 김구 선생을 살해한 안두희의 범행 사건에 대하여 한 중위는 법적으로 아무 관계가 없는 사람이다. 이 소령(김 소위와 싸운 사람)이나 김 소위(이 소령과 싸운 탓으로 정직된 나의 전임 연락장교)는 더욱 그렇다. 그러나 국사봉 출진을 계기로 연출된 일련의 관련성을 더듬는다면 내가 언젠가 북지北支(중국 북부) 방랑 시절에 얻어 들은 중국 우화 그것을 연상치 않을 수 없다.

그 중국 우화란 ― 전국시대의 신화적인 고담. 군웅이 할거하며 전쟁을 일삼던 시절 국경이 춘추로 바뀌고 군주가 조석으로 갈리는 판국이란 세사世事의 흥망이 반장反掌과도 같은 때였다.

어떤 곳에 덕망이 높고 식견이 탁월한 새옹塞翁이라는 노인이 있었다. 새옹은 중년에 처를 사별하고 외아들 하나를 소중히 양육하며 세상을 보냈다.

무서운 전란 속에서도 이 아들이 성장하는 것이 둘도 없는 낙이요, 이 아들의 장래를 바라보는 것이 유일한 희망이었다. 그리하여 금옥金玉 같은 이 아들이 성년이 다 되어 내심으로 며느리감을 택하던 무렵의 일이다.

전국戰局은 어느 새 뒤집혀 고래古來로 평화스럽던 새옹이 살고 있는 이 촌락 복판이 신국경선으로 획정되었다. 어제까지 무상無常으로 왕래하던 건넛마을이 어마어마한 경계선 저 편의 적국의 영토로 격리되어 버린 꿈같은 세상이 왔다.

이때 새옹은 승마를 즐기는 아들을 위하여 좋은 말 한 필을 기르고 있었는데 어떤 날 이 말이 풀밭에서 뛰놀다가 세상모르고 신국경선 너머로 넘어가 버리고 말았다. 어제까지는 한 동리의 땅이었지만 지금은 몇 만 리보다도 아득한 곳이 되었기 때문에 빤히 보면서 졸지에 말 한 필을 백실白失(밑천까지 다 잃음)한 것이다.

분하게 여기는 아들의 심정도 심정이려니와 이웃 사람들의 동정심도 말뿐이 아니었다. 그러나 새옹은 개의하는 빛을 보이지 않고 도무지 태연스럽기만 했다.

그런데 며칠 후에 적지로 넘어갔던 새옹의 말은 근사한 준마 수놈(새옹의 말은 암놈) 한 필을 데리고 돌아온 것이 아닌가. '이거 웬일인가?' 하고 아들은 물론 마을 전체가 떠들었다. 사람마다 새옹의 뜻하지 않은 횡재를 축하했다. 그러나 새옹은 또 태연스러웠다. 기뻐하기보다 도리어 슬퍼하는 것같이 보였다.

어쨌든 한 필밖에 없던 말을 백실하였던 새옹의 집에는 불시에 준마 한 쌍이 생겼다. 아들은 좋아라고 새로 생긴 말의 순화馴化에 여념이 없었다.

그러나 경사 뒤에 불행이 따랐으니 그렇게도 애지중지하던 아들이 수말을 순화시키다가 낙상을 입고 그만 다리병신이 되게 되었다.

온 동리가 또 새옹을 위문했다. 웬일인지 이번에도 새옹은 상심하는 빛을 보이지 않았다.

이러는 동안 새로운 영주는 징병 제도를 선포하고 젊은 사람이란 젊은 사람은 너나 할 것 없이 모조리 강제로 붙들어 갔다. 이 동리 청년들도 거의 다 간과干戈의 제물이 되었다. 그러나 새옹의 아들은 불구자인 덕분으로 이 화를 면했다.

이 우화의 여담은 약략略하거니와,

김 소위가 이 소령과 싸우지 않았으면 연락장교의 직에 그대로 머물러 있었을 것이요, 김 소위가 연락장교로 머물러 있었으면 나는 제1중대장으로서 출동하였을 것이요, 내가 그때 일선으로

가 버렸더라면 이런 시역의 기회도 피하였을 것이며 죽어도 내가
죽지 한 중위까지 죽지는 않았을 것이 아닌가.

주석에서 생긴 이 소령, 김 소위 간의 하찮은 언쟁이 이런 결과
를 가져 올 일련의 도화선에 불씨가 될 줄이야 그 누가 알았으랴.
참말로 '인간만사는 새옹지마'로다.

　ー한경석 군이여, 길이 명복冥福하라ー

7월 28일(목요일) 비

비는 여전히 줄기차게 내린다.

날 샌 지도 이윽했건만 방구석은 밝을 줄을 모른다. 그렇게도 기다리던 비가 벌써 싫어질 때인가.

오늘은 낮잠이 자고 싶다. 머지않아 취조실로 불려 갈 생각을 하니 더욱 잠자리만이 그립다.

온 하루를 취조실에서 보냈다. 변호인 K소령과 이 선생도 번갈아 다녀갔다. 이 예비심리는 내일이라야 끝날 것 같다고 한다.

R중위로부터 정보국과 정훈국의 종용에 의하여 '경교장 사건의 진상'이라는 팸플릿을 발간하게 되었으니 노력하여 달라는 부탁을 하여 왔다. 내 목숨이 어떻게 되겠기로서니 협력을 하면 며칠이나 할 것인고. 신문에 보도된 내용과는 체재를 달리하겠다는 것이니까 좀 더 실감적인 독물讀物(읽을거리)이 될 것이다. 잘 되기를 바란다.

저녁식사 시간 뒤에 R중위가 또 찾아왔다.

군법회의에 관한 소식을 전해 준다.

재판장에는 원용덕元容德 준장이고 그 외 심판관으로는 강대봉姜大奉 대령을 비롯한 사오인의 대령 중령급이라 한다. 재판장 원 준장도 신문 잡지의 사진을 통하여 용모만을 짐작할 뿐, 강 대령을 제외한 나머지 장교들은 이름조차 모를 분들이다.

검찰관 변호인은 벌써 선정된 것이고, 예심도 내일이면 종결, 공판일자는 8월 3일, 재판관은 누구누구―.

빨리 결판이 나기를 기다리면서도 어쩐지 어수선한 것이 마음이 서글프다.

빗소리를 들어가며 공상과 더불어 밤을 거의 지샜다.

7월 29일(금요일) 한때 맑은 뒤 흐림

비가 갰다.

아침햇살을 안은 동쪽 하늘은 눈부시게도 청명하다.

초조焦燥 고갈枯渴에서 소생된 녹야 대지가 눈앞에 전개되는 듯. 불면에 지친 내 기분에도 생기가 약동하는 것 같다. 체조식으로 팔다리를 몇 번 휘두르고 난 뒤에 들창 밑에 버티고 서서 멀리 윤기 흐르는 시청 지붕을 바라보며 담배 한 대를 맛나게 피웠다.

열 시경. 난데없이 법무관(검찰관)들이 감방으로 찾아왔다.

아니 오늘은 직접 감방 속에서 취조인가? 하고 깜짝 놀랐더니 그것이 아니라 나의 수용된 감방이라 구경삼아 들어온 것이라 하며 '모시러 왔소' 하고 파안대소로 유머까지 던진다. 취조실 밖이라 그런지 그렇게도 무뚝뚝하던 그이들이 이렇게도 상냥스럽다고야….

법무관들을 따라 감방을 나섰다.

'개정 당일 어쩌면 법정 구내에만은 확성기를 달게 될 것 같기도 하다'는 이야기를 복도를 걸어가며 나에게 들려준다. 소식도 반가웠지만 태도가 정다웠다.

저녁 다섯 시경에야 취조가 완전히 끝났다. 부피가 두둑한 조서철을 옆에 끼고 일어서면서 "그렇다고 이로써 심문이 영영 끝났다고는 믿지 마시오. 공판 날까지에 미심한 점이 생길 때에는 언제든지 또 오게 될 게요" 하고 반갑지 않은 말까지 걸쳐놓고서야 가 버렸다. 이에 앞서 낮부터는 김학규, 홍종만의 취조를 담당한 헌병장교도 합석하여 연락심리連絡審理까지 행하였다. 또 오건 안 오건 이로써 단락은 단락이다.

그러면 앞으로 5일간의 공백 기간이 남았을 따름이다.

오늘이 7월 29일이니 입창 후 32일째. 앞으로 또 5일, 짧다고 보면 얼마 안 되는 시일이지만 생각하면 지루한 그 날 그 날이었다.

공판도 사오일 간이면 끝날 것 같다 하니 사형이라면 앞으로 늦어도 한 달 미만으로 대단원을 지을 것이지만, 만약에 무기형이라면 또 10년이 될지 20년이 될지 모를 일이 아닌가.

낙지평생落地平生 삼십삼 년. 남아일진댄 남아답게, 역적이라면 역적답게, 마지막일수록 마지막답게 공판에 임할 마음의 준비를 갖추자.

이 일기도 말미가 가까웠다. 더 쓸 말도 없다.

앞으로 5일의 공백 기간에 백상白想으로써 마음의 피곤을 가시자.

8월 1일(월요일) 맑음

7월 그믐날도 어둠마저 지나가고 8월 1일도 아침. 이 흐르는 시간은 8월 3일을 운반하기 위한 움직임만 같다.

일양일간一兩日間 일기에도 붓을 대지 않고 무료히 지났다. 그러나 '백상白想'은 아니었다. 기다리는 것은 아니었지만 법무관도 아니 오누나 생각했다.

왜 R대위 R중위도 꼼짝 나타나지 않을까? 모두 개정 준비에 바빴을까? 어제 오늘은 감시병도 말이 적다.

점심 무렵 부대 행정과장이라고 하는 초면 장교가 감방으로 찾아왔다. 8월 3일 출정 시각은 오전 9시라고 하며 이에 대한 준비 타합打合(타협)이 그의 용무였다.

'첫째, 피고인의 몸차림 문제외다' 하고 신중한 태도로 임하는 것이었으나 카키 색 군복으로 갈아입되 내의 양말이며 군화에 이르기까지 신품으로 관물을 대여한다는 정도의 그리 신통치도 않은 내용의 이야기였다. 그런데 이런 문제라면 나중에 있음직도 한 이발 이야기는 없었다.

본시 백일이 두려운 살인수로서 어찌 몸단장 같은 것이야 염두엔들 있었으련만 '어차피 말이 났을진댄…' 하고 변태 예술가의 모습과도 같은 긴 수염과 머리를 쓰다듬으면서 슬며시 행정과장의 눈치를 종용하여 보았으나 둔감한 양 종내 말없이 넘어갔다.

여기에서 상기되는 예비지식이 없는 것은 아니었다. 언젠가 취조 받던 때 이야기 도중 나의 이발 청에 대하여 R대위는 빙그레 웃으면서 "어떻소. 공판까지 그대로 두는 것이―" 하고 의미 있는 한 마디 말로 방새防塞당한 일이 있었다.

다음 방청권 문제도 논의됐다.

이 날 살도할(몰려들) 방청객은 법정 전 경내를 메우고도 남으리라고 보며 법정 정원은 400명인데 법무부에서 발행한 방청권은 500장. 이것을 유효적절하게 나누기 위하여 나의 소요 매수를 묻는 것이다. 나에게 방청권 소요 여부를 묻는다는 것이 참으로 상상 외의 일이다.

필요한 것 같기도 하고 필요치 않은 것 같기도 하고 어리둥절하였다.

"이 날 방청석에 가까이 부르고 싶은 가족이나 친지가 없는가 말이오."

의미 있는 듯이 말(言)꼬리에 여운을 밀면서 빙그레 웃는다.

그렇다. 생각하면 살도하는 시민 중에는 단순한 극적 흥미만을 가지고 오는 사람도 많겠지만, 범인을 증오하는 선입관적인 적의를 품은 사람이 대부분일 것이며 범인을 이해하고 동정하는 사람은 극히 적을 것이다.

내 본래 경교장에서 선생님의 뒤를 따라 자살을 수행치 못하였음도, 또 법무관에게 전국 중계방송이니 구내 확성기 장치니 하는 조건을 강요하였음도 모두가 나의 진의眞意 가급적으로 널리 천하에 피력하여 보겠다는 심정에서일진대 어찌 수시수비誰是誰非(누가 옳고 누가 그른지)를 가리리만, 그래도 내 말을 성의껏 들어 줄 구우舊友, 비록 관념적일망정 나를 이해하고 동정할 지기와 친족의 참석 여부가 나의 변론장의 사기에 적잖은 영향이 있을 것이다.

"가족은 아니 올 것입니다. 포병대로 한 100장 보내 주십시오. 그러면 군인분만 아니라 민간인이라도 가까운 친구한테는 전해질 줄 압니다."

"포병대 같으면 벌써 단체 교섭이 왔으니 미리 생각한 바가 있고…, 그러면 적당히 하지요."

30매 가량 가족들에게 맡기기로 하고 행정과장은 돌아갔다.

민간인은 재판이 끝나 형이 결정되면 즉시로 형무소로 이송되는 법인데 나는 장차 어디로 끌려갈 것인가. 사형이라면 집행될 때까지.

이 감방 신세도 며칠 안 남은 것 같다.

이런 기분을 '로맨틱'이라고 하나? '센티멘털'이라고 하나?

8월 2일(화요일) 맑음

내 기분이 그런지 오늘은 아침부터 멀리 가까이 복도를 왕래하는 구둣발 소리도 유난히 배바빠 보인다.

아홉 시경. 방청권 30매를 우리 집에 전하였다는 전갈을 받았다.

이제 24시간 후 내일 이맘때면 이생(現生)의 심판대에 오르게 되는가.

오후 네 시경, 약속된 새 군복 한 벌, 내의 한 벌, 양말과 군화 한 켤레도 받았다.

냉수욕 허가도 받았다.

초저녁. R대위와 R중위가 오래간만에 찾아왔다. 그 동안 여러 날 보이지 않은 까닭을 궁금히 여긴 것은 나 혼자 생각만이었지 그들은 여전히 정다운 표정이었다.

R중위는 오늘 밤 숙직 당번이라고 하면서 R대위가 간 뒤에도 남아 있어서 오랫동안 이야기를 주고받았다.

내일부터 공판이라 이로써 분위기가 바뀌게 된다고 생각하니 미진했던 화제가 꼬리를 맞물었다. 서로 완전히 공적인 기분에서 해방된 담소였다. 취조관으로서 딱딱거리던 이야기, 심문 안 받겠다고 떼쓰던 이야기로부터 화제는 쌍방의 가정환경이며 38선을 기어 넘던 이야기까지에 이르렀다.

국내 신문기자는 물론 외국인 통신원도 여러 차례 범인과 인터뷰 온 것을 거부해 보냈다는 새로운 뉴스도 들었다.

수감 1개월여 취조 담당의 인연으로 R대위와 R중위 두 사람과 나새(어느 새)는 흉금을 헤치는 벗이 되어 버렸다. 감정이 통할 뿐만 아니라 생활환경도 비슷한 점이 많이 발견되었다.

R중위는 이번 나의 형을 무기형 정도로 예언하면서, 복무 중 후견인이 되어 주마 하며 만약 사형이 되면 후일 저승에서 다시 만나자 농담 아닌 웃음을 웃는 것이었다. 참으로 고맙다. 나는 감격의 눈물을 금치 못했다.

밤이 깊었는데 "안 소위 자는가" 하며 R중위가 또 왔다. 들고 온 종이 조박(조각의 평안도 방언)을 내민다. '애국자 안두희를 무죄 석방하라', '안두희 만세! 무죄 석방 만세!'라고 쓴 아직도 풀(糊)이 마르지 않은 벽보였다.

"감상이 어때?"

R중위가 웃는 얼굴을 하면서도 약간 긴장한 태도로써 이 벽보 사건을 이야기한다. 지금 막 정보원들이 뜯어 가지고 온 것인데 아직 누구의 소행인지는 알 수 없으나 통행금지 시간 직전을 틈타서 법원 부근인 정동 골목 덕수궁 담벼락과 광화문 뒷거리 일대에 붙인 것으로서 문면文面은 이 이외에 무슨 애국 청년 동지니 무슨 구락부니 하는 명의로 안두희는 애국자니 무죄 석방해

야 된다는 장문의 성명서도 있다 한다. 이에 대한 조치 명령을 기다리는 중이라 하면서, K중위는 곧 돌아갔다.

신통치 않은 장난이기는 하나 지난날 동지들의 우정이리라고 생각하니 그 변함없는 우의가 고맙다.

'내일부터의 일이 소중하니 일찍 자면서 머리를 쉬라'는 위로의 말이 도리어 잠을 몰아냈는지 새벽 한 시가 되도록 잠을 이루지 못했다.

지난날 그 무섭던 꿈, 신의 심판을 받던 장면이 자꾸만 눈앞에 나타난다.

나는 무슨 인연으로 이 세상에 났다가 삼십삼재三十三才라는 입지기立志期에 들면서 이런 시역의 대죄를 범할 수밖에 없이 되었던고. 어차피 종생終生의 날이 왔을진대 그렇게도 바라는 본회本懷(속마음)의 죽음터 국사봉으로 가는 희열의 길을 왜 막았던고. 그 누가 막았던고. 나는 왜 이다지도 신에게 버림을 받았던고.

'천주님이시여. 잘못을 고칠 수도 있사옵고 몰랐던 것을 깨달을 수도 있을 저이오니 굽어 살피시어 이 넋을 명광明光(광명)과 사랑의 길로 인도하여 주시옵소서.'

나는 오른손을 들어 가슴에 십자가를 그리며 경건히 명목瞑目하였다.

'천주님에게 귀의하자.'

이것은 졸연히(갑작스럽게) 든 생각이 아니다. 지난 5일날 작정된 마음이다. 즉 김구 선생님의 장의식날의 감동이었다.

　선생님께서는 그 유지대로 천주교의 의식에 의하여 장서長逝(영면)의 행차 천구遷柩(영구를 실내에서 밖으로 옮기는 상례의식)의 예를 거행하시었다. 비록 시역의 죄인이기는 하나, 같은 신앙의 길을 따르는 것이 좋을 것만 같았기 때문이다.

　본래 나는 종교인이어야 한 것이다. 나의 외갓집이 기독교 신자였기 때문에 어렸을 때에 환경의 교화도 컸고 어른들을 따라 예배당에도 자주 갔다. 그러다가 7세 때에 어머님을 여의고 나서부터는 점점 거리가 멀어졌으나 학창 시절에는 때때로 예배당을 찾았다. 특히 천주교에 대한 관심을 갖게 된 데에는 나어렸을 때 한 토막의 조그만 에피소드와 공상 많던 20세 때에 인상 깊이 들은 한 가지의 이야기가 있다. 에피소드란 보통학교 일이학년 시대 어느 주일날 일이었다. 천주교당 울타리 안에 장미꽃이 아름답게 피어 있는 것을 발견하고 죄인 줄 알면서도 탐욕을 이기지 못하여 이것을 꺾으려고 울타리 밑으로 기어들었다. 꽃밭 가까이 접근하여 사방의 인기척을 살피노라고 고개를 들었다. 이때였다. 성당 들창 너머로 방금 기도중인 수많은 사람에 끼어 아버지의 친구이신 분이 앉아 있지 않는가. 깜짝 놀라 머리를 도로 움츠리고 생각했다. 그 아버지 친구를 보는 찰나 아버지 교훈이 머리에 번개같이 떠올랐던 것이다. '사람이란 도적질 이외에는 다 배워야 돼' 하시면서 나쁜 짓 가운데에서도 도적질이 마지막이라는 말씀하시던 것을. 또 여기는 죄를 회개하는 성당이 아닌가. 이런 자책에 장미꽃 훔치기를 단념하고 성당 창가로 걸어갔다. 처음 보는 당내는 엄숙하고도 황홀하였다. 지금까지 보던 기독교 예배당의 유가 아니다.

이 인상이 아직도 머릿속에 깊이 남아 있다.

또 들은 이야기라는 것은 경의선 신의주에서 (평양 방면) 네 번째 역이 있던 비현批峴이라는 곳에서 생긴 일이다.

그곳 천주교당에는 서양 사람 신부가 있었는데 그 신부는 신申이라는 생래生來(타고난) 절도와 협잡으로 지내 온 불량한 중노인을 교화시켜 가지고 성당지기(소사)로 데리고 있었다. 신은 신부의 정성스러운 훈육에도 불굴하고 도벽을 참지 못하여 어느 때 신부가 신의주로 출장 간 틈을 타서 신부의 옷으로 몸을 변장하고 절도를 목적으로 어떤 집에 침입하였다가 식모에게 발견되자 그 식모를 살해하고 돌아왔다. 순간 사람을 죽인 신은 양심의 가책을 억제할 길이 없어 신부가 돌아오기를 기다려 전후 사실을 고백하였다.

신의 고백이 끝나자마자 신이 변장했던 의복을 단서로 달려온 경찰의 손에 당장 신부가 붙잡혀 갔다. 신부는 신의 고백을 받음으로서 신 대신 벌을 받기로 작정하고 월여月餘(한 달여) 후에 신이 자수할 때까지 이 비밀을 밝히지 않고 자기가 죄인 노릇을 하였다는 이야기다.

감수성이 강하던 시절이라 이 신부의 굳은 신념과 숭고한 덕성이 뼈에 사무치게 앙모仰慕되었던 것이다.

―날이 밝아 간다.

뎅. 뎅. 뎅.

명동서 울리는 종이다.

맑고 부드러우면서도 우렁찬 소리다―

-끝-

발跋(발문)

　◇……모든 격식이 필자 자신이 읽어도 참말 어색하기 짝이 없습니다. 그러나 어색한 것이 도리어 타당하겠지요. 말할 것도 없이 원래 이 글은 서적이 되리라고 전제하였던 것이 아니고 그저 막다른 처지에서 그 날 그 날의 기분을 멋대로 붓에 맡겨 보았던 기록이기 때문입니다.

　테마가 그렇고 문장이 그런데다가 시간적인 조건이 또 그렇습니다.

　◇……필자 본색이 문필가가 아니기 때문에 문장이 유치한 것은 물론, 형식이 일기인 데 담아 때를 따라 감정의 명암을 달리하였기 때문에 전후 연락連絡(맥락)이 맞지 않는 데가 많고, 또 이 글을 쓰던 그때와 이 글을 읽는 지금과는 사회적인 분위기와 정치적인 동향이 현저하게 달라졌기 때문에 새삼스러이 지적되는 이데아의 모순이 한두 가지가 아니며, 시간적으로 보아 6년여라는 세월이 흘렀고 더욱이나 6.25라는 어지러운 난리에 시달렸기 때문에 이 기록에 등장되는 사건과 인물이 독자들의 기억에서 삭망하여진 것이 없지 않을 것이나 등장인물 중 장본인이 비위를 거스를까 염려하여 몇몇 인사의 이름을 두자頭字(英字)로 약한 이외에는 본 일기 자체의 실감을 살리기 위하여 원문 그대로

에 충실하였습니다.

◇……책을 만든다는 것이 이렇게 어려운 줄은 정말 몰랐습니다.

이 출판을 구상한 것은 1년 전부터의 일이며 구체적으로 착수한 것이 지난 6월이었음에도 불구하고 본래 글 다루는 기교가 서툰데다가 원고 정리며 인쇄 교섭 등 모든 것이 초대일 뿐만 아니라 자금 계획마저 확실치 못하였기 때문에 이같이 시간이 늦었습니다.

가치 있는 내용도 아니요, 아름다운 글도 못 되기 때문에 도리어 남에게 열독을 강요함과 같은 결과의 것이지만 그저 필자 제 기분에서 애를 써 본 것입니다.

◇……내 신경과민인지는 몰라도 이 출판 준비에 착수하자 들리는 풍설이 이것은 부러 일기체로 꾸며 가지고 당시의 옥중기로 가장하여 최근에 창작한 위조품이다라고 한다는 데에는 참으로 마음이 아픕니다.

앞서 서序의 대문代文(서문에 대하여)에서도 언명한 바와 같이 이 출판의 동기와 왜곡된 낭설에 대비코자 함에 있음일진댄 이 새로운 모략 중상마저 듣고만 있을 수 없었습니다.

비례非禮의 말이나 당시 일기를 매일 검열하던 관계관들이 아직 생존해 있을 뿐만 아니라 현재 간직하고 있는 골라 보기 힘들만치 썩어빠진 원고 뭉치가 무엇보다도 이 글이 원고에 충실하였다는 사실을 겸하여 밝힐 수 있는 산 증거물일 것으로써 의심하시는 분에게는 언제든지 보여 드릴 수 있는 귀물이기도 합니다.

여기에 실린 글에 계속된 당년 8월 3일 이후의 부분은 중간 초고 일부가 어떻게 남아 있을 뿐, 거의 전부가 6.25동란 때 육군형무소에서 타 버렸습니다. 그래서 이 남은 초고 일부와 당시의 신문을 토대로 기억을 더듬어 가며 줄거리의 대략을 추려 보아 자신이 서면 이것으로써 후편을 삼아 볼까 합니다.

그것만은 당시의 실기實記도 아니요, 일기체도 아닐 것입니다.

(4288. 10. 25. 저자)

부록

안두희 수기 『시역의 고민』 초판본
1949년 6월 30일(수요일)자 일기

(초판본이 세로쓰기 편집인 관계로 부록의 일기는 역순으로 게재했습니다.)

「지금 二層에선 무슨 銃소리야— 손 들어 손 들어—」하고 떠든다.

秘書들은 무슨 영문인지 몰라 머엉하니 서 있을 뿐이다.

나는 들고 내려온 拳銃을 ＜소파—＞위에 놓고 從容히 두손을 들었다.

「只今 내가 先生님을 쏘았오 지금 先生님은 나의 銃에 돌아가셨오」

「뭐? 先生님을? 이놈 죽여라—」

칼방 게떠리관녕 날라들고 卽床다리저 날라든다. 「죽여라—」「없애라—」周圍의 사람들은

닥치는대로 들어치는 관이다. 정신이 昏迷해진다.

「죽이지는 말아라. 죽여서는 안된다.」

가을 가을 들리는 목소리. 누구의 말인지…….

× × ×

지금까지 움직인 이 붓은 數個月의 時間을 더듬었고 無限界의 世界를 去來 하였건만

記錄이 끝나고 보니 現實'은 現實 그대로 아직도 六月三十日 그날이요 不過 數立方米의

獄房宇宙 그대로구나.

銃口를 오른편 이마에다 댔다。

「아니다。죽을 때가 아니다。지금 죽어서는 않된다。내가 말없이 이대로 죽

으면, 永遠히 逆賊이 되고 말 것이다。첫째, 겨레의 安寧과 國家의 秩序를

爲하여 이 可恐할 伏魔殿의 正體를 暴露하여야 할 것이고 後代 子孫을 爲

하여 참된 이 丹心을 밝혀 두어야 할 것이다。

아무때라도 죽을 목숨이니 從容히 法의 裁斷밑에 先生님의 뒤를 따르리라。」

따로 죽음의 時間을 擇하기로 하고 銃을 내렸다。

∧인제는 나는 罪囚다。軍裝을 더럽힐 必要가 없다。∨

砲兵 맛지와 少尉階級章을 떼어 마루바닥에 버리고 拳銃을 손에 든 채 층총대를 한階段

한階段 내려 디디었다。

아레層 應接室에서는 아직도 世上을 모르고 雜談을 하고 있는데 正門(大門)에서 把手보

는 巡警이 銃소리를 들었든지 두 세名이 제각기 칼빙銃을 내밀고 應接室앞으로 뛰어 들

어오면서 唐慌한 態度로

꺾어야한다。 이때다。∨

뒷 허리를 스친 나의 오른편 손에는 어느새 擧銃이 뿔렀다。反射的으로 움직인 왼손

은 날새게 銃身을 감아 쥐었다。제고덕! 裝彈을 하면서 얼굴을 들었다。앗ㅡ 先

生께서는 그 巨軀를 일으켜 두 팔을 벌리고 성낸 獅子같이 掩襲하여 오는 것이 아니냐。

눈을 감으며 방아쇠를 당켰다。

『영감과 나라와 바꿉시다。』高喊인지 呻吟인지 나도 모르는 소리를 지르며……

빵! 빵! 빵! 유리 깨어지는 소리。〃으응〃하는 悲鳴。코를 찌르는 火藥냄새。

겨우 눈을 들었다。先生님의 커다란 몸집은 四肢를 느러치고 頭部、胸部로 피를 쏟으

며 椅子와함께 모으로 쓰러진다。나는 발을 옮기여 옆 마루 미닫이 뒤로 돌아

섰다。阿峴洞쪽으로 向한 西쪽 들窓에 기대어섰다。廣潤한 푸른 하늘 저편엔 하얀 구름

이 뭉게 뭉게 솟아오르고 있다。

하늘도 고요하고、 땅도 고요하고、 내 마음도 고요하다。

空虛한 내 마음에는 ∧사람을 죽였다∨는 쑥크도 좀처럼 일어나지 않는다。

입은 이미 도리킬수없는 往事라는 稀念일까、分明히 失神은 아니다。

— 57 —

230

冊뭉치가 날라온다。얼굴에 맞았다。

나도 주먹을 부르려고 高喊을 질렀다。

「宋鎭宇氏는 누가 죽였읍니까?」

벼루가 날라와서 머리를 스치고 뒷쪽에 부디친다。

「張德秀氏는 누가 죽였읍니까?」

나 先生님께서는 怒叱을 繼續하시는 것이다。

「이놈ㅡ 너 이놈ㅡ」

붓(筆)이 날라오고 또 冊이 날라오고 종이 뭉치가 날라오고……。

나는 고개를 수구리고 잠간 생각의 餘裕를 捕捉할려했다。무슨 말씀인지 記憶은 없으

〈안됐다。先生의 心機는 到底히 바꿀수 없는것이 되고 말었구나。저 그늘

밑에 蟄伏한것들을 除할려고 努力하는것이 오히려 徒勞일것이다。그들의 主

體인 大木을 찍어 버리자。그것이 非常時에 逢着한 國家民族을 爲하는 길

이요、白凡先生 張本人의 汚名을 막는 길일 것이다。하물며 暴風을 孕胎한

八·一五指令이 숨 가쁘게 때를 기다리는 아슬 아슬한 刹那가 아닌가。

입었길래 그리도 고맙게 積憤은 할것이란 말인가。大局을 좀 른 눈으로 보아라。」

「그러고 建國實踐員發成所는 무엇하는 機關이며 革新探偵社는 누구의 것이며 도 韓獨黨의 所謂 秘密黨員 組織網이란 무슨 使命을 賦與한 結社입니까。韓國軍隊는 金九氏의 軍隊라는 外人의 評論에 對하여 先生님은 무슨 말로써 反駁하시렵니까。

先生님! 제게 八・一五記念日을 前後하여 重大한 指令이 있는지 모른다든 豫備命令은 무엇에 對한 準備입니까。」

나의 音聲은 눈을데로 눈았다。先生님도 怒氣 등등한 顔色으로 안절 부절 하시면서 高喊을 지르신다。인제는 彼此가 事理를 가릴 理知의 餘裕를 잃었다。

「무어야? 이놈 죽일놈? 입이 달렸다고 함부로 지꺼리는거야。」

「麗順反亂은 누가 敎唆한것입니까。」

「미야 이놈」

주먹으로 費案을 치신다。、

「裵少領、姜少領과 起居를 같이하든 놈은 어떤 놈 입니까」

「지먼!」

— 5 5 —

先生님은 저윽히 泰然을 잃으신 顔色이시다.

「그래 내나라 내땅을 갔다 온것이 잘못이란 말이냐。」

「왜 모든것을 國民앞에 闡明치 못하셨나는 말씀입니다。」

「그래 밤낫 쌈쪼가리 땅에서만 살자는 말이냐。」

要領不得의 答辯이시다。

「協商다녀 오신後에 態度는 어떠하셨읍니까, 美軍의 撤退를 主張하셨고 美國의 援助를 拒否하셨고 UN의 處事를 誹謗하시면서 及其也는 五·十選擧까지 否認하신것, 어떻게 그렇게 其主張하심이 共産黨과 꼭 같으십니까。」

「그러면 이놈ㅡ 내가 共産黨의 使嗾를 받았단 말이냐?」

「全羅道方面을 巡廻하실적에 政府를 否認하시고 美國을 侵略者로 規定지으시며 李博士를 事大主義者의 典型的인 存在로 罵倒하셨으니 公的인 局面도 局面이오나 그렇게도 國民 全體가 雙璧으로 모시든 두분의 交誼가 끊겼다고 생각될 때에 온겨레의 失望은 어떤것 이었는지 아십니까。」

「그래 이놈ㅡ 이것이 政府구실을 한단 말이냐、그러고 美國놈이 무슨 前生에 恩惠를

歪曲된 疑心을 씻어 주신이 이런 混亂期에 處한 子弟를 사랑하시는 길일

까 하옵니다.

「그래 말해 봐.」

多少 表情은 부드러워지셨으나 語調는 亦是 거츨으시다.

「國會少壯派와 先生님、사이에 일찍부터 內通되어 있다는것은 世上의 定評이요 이번 그

를 被檢時 金若水를 先生님께서 숨기셨다는 憶測까지 가지게 되었든것이온데 先生님과

그들과의 關係는 정말 어떤것입니까?」

「世上이 아무러면 어때, 또 共産黨이라면 어때!」

「그러시면 共通된 路線이란 말씀이십니까?」

「네 멋대로 解釋하렴.」

「先生님께서 南北協商當時 서울을 떠나시며 무엇이라고 말씀하셨읍니까? 그렇게 굳은

誓約을 하시고서, 돌아오신 뒤에 왜 뚜렷이 大局의 展望과 先生님의 心境을 밝혀 말

씀치 못하셨읍니까? 무슨 숨은 事情이 계셨읍니까.」

나는 一方的인 興奮調로 變해졌다.

先生님은 먼 바를 바라보든 姿勢대로 머리를 돌리시지도 않으신다.

「世上 耳目이 귀찮다. 시끄럽다. 어서 가거라.」

「先生님! 저는 이 疑問과 이 煩悶을 풀지 못하오면 죽사와도 눈은 귀신이 못될것 같습니다. 先生님! 懇切한 請이오니 이 蒙昧한 子息의 마지막 所願을 풀어 주실수 없으십니까?」

「또 무엇이냐?」하시면서 廻轉椅子를 틀어 이쪽으로 얼굴을 돌리신다.

「桑田이 碧海로 變할망정 先生님의 鐵石같이 군으신 志操야 變할理 있아오리까마는 저희들이 愚迷하와 先生님께 對한 여러가지 風說과 黨의 行動에 있어서 不可思議한 點을 解明치 못하고 있읍니다.

그동안 여러 차례 先生님께 直訴仰問코저 애썼아오나 좀처럼 機會를 얻지 못했압고 本是 이런 懷疑를 갖는 것 부터가 聖스러우신 先生님의 精神을 冒瀆함일까 저어하와 敢히 입밖에 내지를 못하였읍니다.

그러오나 先生님으로서는 여기에 對하여 釋然히 그 內容을 밝히시어 저의

— 53 —

「人事? 오지 않겠다드니 또 왔어？」

「저어 지금 瓮津 國士峰戰鬪에 우리 國軍創設以來 처음으로 砲兵이 出動하게 되었압는

데 其 第一陣으로 저의 中隊가 參加하게 되어 來日 떠나기로 命令을 받았읍니다。」

「아니 國士峰戰鬪란 그렇게 熾烈하냐。」

「네, 敵의 作戰이 지금까지의 모양과는 좀 다른가봅니다。 對共 戰鬪參加라는 것은 저

의 큰 宿願이었아오며 더욱히나 砲兵隊의 初陣에 參加케된데 對하여서는 무어라 말할

수없이 기쁩니다。 목숨을 鴻毛에 비기는 軍人의 몸이오라 이번도 살아서 돌아오리라

어찌 斷言할수 있겠읍니까。 그래서 마지막이 될런지 모를 先生님과의 對面의 機會를

얻기 爲하여 人事 드리러 왔읍니다。」

들으실뿐, 對答이 없으십다。 지난 한때 나의 등이라도 쓰다듬으시면서 〈그렇지

참 반갑다。 武運長久를 빈다〉고 여러가지 激勵의 말씀이 계셨을것은 勿論、무슨 菓子 한

封이라도 사다놓고 壯行會라도 하실려고 떠들으셨을 先生님이 이렇게도 豹變하시다니…。

잠시 彼此 말이 없었다。나는 다시 말門을 열었다。

「先生님 生死를 期約할수 없는 길을 떠나는 이 마당에 臨하와 꼭 先生님께 여쭈어볼

에 없었다。

秘書는 낮으막한 音聲으로 자리를 勸한다。

[잠간 기다리십시요 지금 先客이 계십니다。]

∧先客이라?∨누구인지 궁금하다。

[어떤 손님이신가요?]

[汝山憲兵隊 姜大尉입니다。]

姜大尉 人事交換은 아직 없었지만 이 應接室에서 여러번 過面이 있는 사람으로서 나와 같이 ∧秘密黨員이나 아닌가?∨하고 각금 맛날때마다 느껴지는 사람이다。

約三十分間 아레層 應接室에서 기다렸다。姜大尉와 交替하여 二層으로 올라갔다。활작열린 窓邊、廻轉椅子에 몸을 실고 書案에 기대어 부채든 손으로 무슨 書類을 뒤적이고 계시다가 案內없는 인기척에 약간 놀라시는 얼굴로서

[너냐、왜 왔느냐?]하고 첫 마디로 쏜다。대단히 귀찮으신 모양이다。

[人事 여쭈려 왔읍니다。]

마루에 연달은 ∧다다미∨위에 꿀어앉았다。

뜨려 놓자.

그렇다. 白凡先生이야말로 우리 겨레의 龜鑑이시다. 지금에 와서 이〈거울面〉을 흐리게 더럽혀 놓은것은 可憎하게도 先生님의 存在를 利用하려 드는 側近者 奸鬼들일것이다.

所謂 韓獨黨을 形成하고 있는 中堅幹部는 勿論, 저 地下工作員들, 全部가 意識的으로 野合된 部族들이라면 그야말로 眞實된 愛國者로서 이 秘密, 이 陰謀를 캣취한 사람은 나 한사람 뿐일 것이다.

그러고 보면 이 正體를 暴露시킬 役割은 나를 두고는 할 사람이 없을 것이며 今後 先生님의 心鏡에 醜한 觸手를 制止시킬수 있는 사람도 나 하나뿐이 아닌가 避치못할 任務요, 運命이다. 、

이런 作戰計劃下에 信念을 가〈 듬고 京橋莊을 들어선 것은 午前十一時頃이다. 雰圍氣는 前날보다도 더 엉성하다.

〈오늘은 一切 面會謝絕〉이라고 接踵한 來訪客을 물리치노라고 秘書들은 바빴다. 나는 일찌 無常으로 出入하든 터인지라 案內를 새삼스러히 請할것도 없었지만 一般 來訪客을 물리치는 雰圍氣를 돕기 爲하여 「先生님 지금 않게십니까—」하고 禮儀를 차릴수밖라。 이것이 國家의 運命을 爲하는 길이며 先生님을 돕는 길이 될것이다──。

幹察官派出所 뒤를 돌아 西쪽을 向하여 천천히 발을 옮기며 생각했다。〈어떻게 만나

어떻게 말을 붙여볼까?〉

이런 作戰과 思索의 時間을 갖기 爲하여 京橋莊을 一二十메타 앞둔 행길가 茶房 紫

煙莊에서 잠간 쉬기로 했다。눈을 감고 妙案을 模索했다。

──첫째 지난번 先生님께서 오지말라 하셨고、나도 다시 가지 않는다고 말하였으니 오

늘 訪問한 口實을 어떻게 붙일가?

이번 國士峰 戰鬪에 國軍創設以來 처음으로 砲兵이 出勤하게、되었으며 그 第一陣으로

내가 가게되어 作別 人事를 드리려 왔다고 거짓말을 하자。

──둘째 그러면 談判의 序頭는 무엇을 擇할까?

先生님이 숨기셨다든 金若水가 어고제 自己 姜네집에서 잡혔다는 이야기로서 始發하자。

──셋째 前같이 말을 中斷시키면 어떻게 할까?

이 機會가 마지막이니 上下의 禮儀를 돌볼것없이 先生님이야 答辯하시건 말건 들은말

마음에 먹음은말 全部를 남김없이 吐露하자。그러면서 지금까지 억눌러 오든 설음을 터

─48─

日曜日이다。初夏의 暴陽은 아침녘 부터 大地를 태울듯이 날카롭다。

열時가 좀 지나서 徹夜에 지친 눈을 부비며 집을 나섰다。

∧어데를 갈까?∨ 無心히 옮기는 발걸음은 世宗路네거리까지 다달았다。

완便으로 떨은 西大門쪽 忠正路를 바라보면서 문득 생가을 돌렸다。∧京橋莊으로 가

자─∨

── 이렇게 優柔不斷의 時間만을 보낼것이 아니다。躊躇하면 躊躇할수록

暗雲만이 짙어가는것이 아니냐。저번날 그렇게 袂別에 가까운 言辭까지 주

고 받았을진대 先生님의 寵愛도 다시는 옛 갈지 못할것이며 지금 이 時

間에도 검은 그림자가 나의 뒤를 따르고 있는지 누가 알랴。

일이 여기까지에 이르렀으니 오늘은 決斷코 先生님의 心底를 똑똑히 糾明

하며 實態를 把握하여 萬若에 忠言이 끝내 虛되게 되면 다음 時

間에도 죽는 限이 있더래도 決然히 黨員證을 내던지고 이 魔窟의 正體을

一片에 暴露하는 同時에 先生님 周圍에 野合蟄伏된 惡黨들을 一網에 打盡

하여 그 破壞的이며 反逆的인 戰慄할 陰謀事實을 一一히 剔抉하여 놓으리

感激의 꿈은 一瞬에 산산히 부서지고 말았다.

臥病中인 張司令官을 病院으로 찾아 抗議를 거듭하여 보았으나 道理가 없었다. 분한 일

이다. 前任 連絡將校인 金少尉는 數日前 酒席에서 上官과 싸우다가 뚜드러맞고 入院과 同

時에 休職命令을 받았기 때문에 이자리가 空席이었든 것이다.

金少尉가 미쓰가 없었던들 나는 틀림없이 戰地로 向하였을 것이다. 連絡將校로 뽑히게

된 〈優秀한 將校〉라는 認定의 光榮도 반갑지 않다. 지금 생각하면 이것도 先生님과 나

와의 惡緣을 固結시키는 宿命이였는지. 이때 내가 戰線으로 向하고 말았더라

면 죽더래도 本懷의 죽음을 이루었을것이고 先生에게 對한 弑逆의 機會는

避할수 있었을 것이다.

數個月을 두고 蓄積된 鬱憤과 苦悶을 洗滌할 好機會이며 越南 數年來의 宿願이든 參

戰의 꿈이 무참히도 깨지고 나니 四體가 느러지는 것 같다.

轉屬發令을 받고는 缺勤屆를 던진채 部隊에 나가지 않았다.

==드디어 歷史的인 悲劇의 날. 二十六日은 例事로히 밝았다.==

==간밤에는 아내의 落塵騷動에 더욱이나 눕지도 못하고 뜬눈으로 새웠다.==

— 46 —

버렸다。

이로부터 二日後——。

運命의 作戲는 내게도 劇的인 事實을 가져 왔다。

黃海道瓮津 國士峰의 戰鬪는 從來 三八線 곳곳에서 發生되어온 小衝突과는 樣相을 달

리하여 國軍創設以來 最初로 砲兵의 出動命令이 내린것이다。

때마침 砲兵司令官으로부터 下達된 作戰命令은 「第七大隊中에서 一個中隊를 出勤시킬것」

이란것이다。 ∧네 차례다∨하고 나는 雀躍 歡喜하였다。 나는 第一中隊長이다。 軍作戰의 規

例로 보아 이런때에는 序列順으로 움직이는 것이 通則이기 때문이다。

西北靑年會以來 一番口號로 울부짖으며 夢寐間에 그려보든 所願、怨恨의 三八線에서 展

開된 對共戰鬪에서 氣魄에 凝結된 怒吼의 砲門을 열 생각을 하니 感慨無量하다。

나는 마음속으로 ∧칼집고 일어서니 원수 치떨고、피뿌려 물들인곳 永生塔 세워지네∨

의 옛노래 一節을 불렀다。

그런데 意外에도 出勤命令은 第三中隊에 나리고 나는 第三中隊 出勤命令日字에서 二日

을 遡及한 六月二十一日附로 目下 缺員中인 連絡將校로 發令이 났다。落望千萬의 일이다。

「또 그따위 소리냐° 네가 알것까지 없다° 시끄럽다° 非人이면 懲武나 할노릇이지 무슨

건방진 수작이냐°」

다짜 고짜로 붙이나는 反駁을 받았다° 나는 말門이 막혔다°

「그러지않아도 雜音에 골머리가 아프고 또 世上 눈이 시끄러우니 退留하지말고 빨리

가거라°」

나의 退席을 재촉하신다°

「그러면 先生님은 저를 버리시는 것입니까° 關係를 끊으시는 것입니까° 정녕 그러 하시

다면 다시는 오지 않겠읍니다° 黨員證도 받치오리까?」

나도 적이 興奮되는 氣分을 막을수 없었다°

「그렇게 할것까지는 없다마는 부지럽는 雜念을 버려라° 깨끗이 腦를 씻어랑 네 態度가

며냥° 내 마음을 떠보자는 말이냐,」

약간 달래는 語調이시면서도 怒氣는 사라지지 않는다°

「그리면 가겠읍니다° 다시는 아니오기로 하겠읍니다°」

울화통이 터지는 것을 抑制하면서 이 以上 이야기를 느러놓지 않기로 하고 일어서 나와

— 11 —

念을 匡正시켜보자。그러다 그러다 안되면〈헤로〉에 犧牲되는 恨이 있더래

도、決然히 脫黨이라도 敢行하자。하여튼 先生님과 勇敢스러히 對決하여 黑

白을 가려야할 때다。

이렇게 마음의 態度를 決定 지어보면 어느 程度 눈 앞이 밝아지는듯하나、腦裡에 구

비치는 苦悶의 波濤는 좀처럼 잠자지 않는다。

마음의 安靜을 얻기 爲하여 얼마동안 黨幹部들과 만나는 자리를 避하여가면서 先生님의

눈치를 살피는 同時에 對論의 機會를 엿보기 爲하여 이따금 京橋莊을 찾았다。

先生님을 이세상에서 마지막으로 뵈옵기 一週日前이다。그렇게도 猜惡스러히 世人의 憾

情을 불어뜯든 盧鎰煥以下 國會少壯派 六名이 一擧에 拘束되고 金若水는 避身하였다는 소

문이 퍼지자 某新聞은 〈金若水는 金九氏 保護下에 隱身〉이라는 뉴ー쓰까지 버젓이 실

었다。

나는 또 先生님을 訪問했다。京橋莊은 자못 騷然한 氛圍氣다。

「國會少壯派 問題로 先生님께 對한 世論은 굉장하오며 一部에서는 先生님께서 金若水氏

를 隱匿시켰다고 까지 하오니 어떻게 된것입니까?」

卽「美軍進駐爾來　統衛部時代부터　지금까지의　사이에　韓國軍에게　補給된　裝備　其他　軍需物資를　調査하여　본　結果　平均　○割이　行方　모르게　없어저　버렸다　하여　△國共協商마―살報告∨當時의　中國　實態와　恰似히　이　行方不明의　軍需物資는　모두　敵方으로　流出된　것이라는　酷評을　받게　되었으니　今後　더욱　嚴重한　軍需物資團束을　要한다」는　內容이다.

杞憂가　아니라　事態는　裡面을　알아볼수록　漸漸　어지러운　事實　뿐이다.

北方의　傀儡들은　금방이라도　南侵을　敢行할듯이　軍備增强에　狂奔中인데……, 美軍은　撤退하고、주고간　軍需物資는　○割이나　敵이　훔처갔고、게다가　美國의　援助루ー트　마저　斷切된　現實에　있어서　公公然히　政界를　攪亂하고　있는　國會　푸락치들과　呼吸을　같이하는　勢力이　남이　아니라　外國人으로　부터　軍의　操縱力을　掌握하였다고　規定받은　金九先生　이시며　무서운　陰謀를　內包하고　目下　地下組織을　擴大中인　韓獨黨인데는　어찌　몸서리　치지　않을수　있으냐.

事態는　急迫타고　생각하면　急迫할대로　急迫한것　같다.　어떠한　方法으로라도　先生님께　直諫을　거듭하며　어떤　일을　하여서라도　先生님의　歪曲된　觀

―42―

は다。 내 딴에는 생각이 그렇지않어서 뛰어 왔건만, 怨望스럽기 짝이없다。∧頑固한 아버지!∨

∧大院君같은 영감!∨이라고 마음속으로 呪咀도 하여보았다。先生님은 아시는 떳장인지 모

로시는 구지람인지 안타까운 노릇이다。

지난봄 部隊에서 將校教育時 英語教材로 나누어준∧타임스紙∨에서 (同紙 極東特派員이 쓴

評論) 이런 句節을 본 생각이난다。

『韓國의 軍隊는 金九氏의 軍隊요 韓國의 警察은 李承晩氏의 警察이다。

美國은 韓國에 對한 援助政策을 再檢討할 必要가 提起될 것이다。』

大端히 辛辣한 論評이다。執政者도 아니요、武人도 아닌 金九氏가 軍의 操縱權을 掌握

하고, 있다는 것은 무엇을 示唆함일까。李承晩氏의 警察이라는 語句도 한날 金九氏의 軍隊 時

라는 表現을 좀더 強化시키기 爲한 揶揄的인 對照辭인것、같다。生生님께서는 部大體 時

局을 어떻게 보시며 무엇을 생각하시는지 갈피를 잡을 수가 없다。모두가 疑問뿐이요、

京橋莊이란 무슨 伏魔殿같이만 보여진다。

美對韓援助費 否決의 報道가 있기 며칠前 陸軍本部 秘密公文으로써 各部隊 補給官에게

傳達된 命令書에서 (나도 補給擔當者의 一人이었기 때문에) 눈발만한 統計數字를 보게 되

「美軍은 이미 撤退한 이때에 軍事救援助마지 끊겠으니 우리의 國防問題는 將次 어찌

될것입니까?」

「우리는 主權의 나라이여야하며 自主의 百姓이여야한다。 죽던 살던 우리의 일은 우리끼

리 우리힘으로 解決해나가야 할것이 아니냐。 事大主義思想의 奴隷가 되어서는 안된다。

美國이 까닭없이 利害關係없이 무엇 때문에 軍隊를 보내고 돈을 주겠느냐。

너도 이나라 젊은 軍人이니 傳統있는 檀祖의 붉은 피가 뜨겁게 體內를 휘돌고 있을

것이다。

생각해 보아라 옛 歷史는 姑捨하고라도 空拳으로써 銃劍에 反抗한 己未運動이 있었으

며 寡兵小銃으로써 重武裝한 倭놈의 精兵 大部隊를 擊破한 獨立軍이 있었으며 近四十

年의 긴 歲月에 亡命政府를 이끌고도 不滅의 精神을 世界萬邦에 誇示한바도 있지 않

었느냐。

八•一五爾來 美軍이 남기고간 武器만으로도 泰山이다, 念慮할것없다。

남아지는 너희들의 精神武裝이다。 반지떼러운 생각말고 自己맡은 일이나 熱心히 해라」

先生님의 態度는 大端히 冷淡하다。 그 表情부터가 두번다시 質問의 假借를 주시지 안

— 10 —

氣로우시든 李博士님과의 金蘭의 交도 끊으셨으니 슬프다. 五·十選擧를 拒

否하고 副統領의 就任勸告까지 뿌리치실 줄이야 알았으랴.

그러면 韓獨黨은 共産黨의 傍系政黨인가? 그렇지 않다. 金九先生님은— 金九先生님만은

— △白骨이 塵土되어 넋이라도 있고없고 ▽共産主義者는 못될것이며 共産黨을 좋아하실 수

도 없을것이다.

나쁘다면 補弼하는 놈들 周圍의 놈들이 나뿔것이다. 嚴恒變이가 그런놈이요 金學奎가 그

런놈일 것이다.

놈들이 慧眼을 가리고 敏耳를 막아 先生님을 去勢하여버리고 그 큰 그를 밑에 螺螯하

여 가진 兇計를 꾸며내는 것이 分明하다.

우리는 이 偉大하신 領導者의 英明을 살리기 爲하여 그 그늘 아래 蠢動하는 奸鬼들을

하루바삐 掃蕩하여야 할것이다.

지난 五日頃일것이다. 新聞은 놀라운 事實을 報道했다.

「美國은 下院에서 通過된 一億五千萬弗의 對韓軍事援助案을 上院에서 否決시켰다」

나는 이날 新聞을 움켜쥐고 先生님을 訪問했다.

「軍人이면 軍人답게 軍務에나 充實할것이지 네 따위가 政治를 알아서는 무얼하느냐」

하고 때로는 苛忍한 態度로 肉迫하려하여도 이런等屬의 話題에는 東問西答格으로 應酬하

실뿐 좀처럼 機會를 주시지않는다。不知中에 先生님과의 사이는 現隔히 멀어졌음을 깨달았다。

악착스럽게도 議事를 損斷하려고 跋扈하는 反動派 所謂 國會少壯派의 路線과

韓獨黨의 持論이 어쩌면 그렇게도 符合될 법인가。共產黨부라지 國會 少壯派

主謀派의 本據이며 參謀部가 京橋莊이라는 世論도 中傷만이 아닐것이니 지금까지 反動的

인 政治事犯의 背後關係를 캐고 들어가면 擧皆가 京橋莊이라는 迷宮으로 숨어 버린다는

이 事實을 제아무리 懸河之辯일지라도 到底히 이를 反證치는 못하리라。

참된 겨래들의 直諫 泣訴를 물리치시고 도망치다시피 京橋莊 뒷門을 따

저 나가시면서 「初志를 貫徹치못하면 歸路에 三八線을 베고 누어 죽고 말리

라」라는 盟誓를 남기고 越北하셨든 先生님이 뚜렷한 協商에서 무엇을 얻으셨는지 無

故히 三八線을 되넘으셔서 歸京하신後 眞相發表와 心境의 披瀝도 無

없으신채 一貫하여 美政策을 薄待하시며 UN의 慮事를 嗤笑하시며 美軍徹

退를 主張하셨고 美의 對韓援助를 中傷하여 甚歪於는 그렇게도 미웁고 좀

고 밝혔다. 몸은 肺病患者처럼 나날이 에위말간다. 이렇게 五月도 거의 다 갔다.

이 疑心과 苦悶을 拂拭하기 爲하여 黨幹部들과 論難하여볼 機會도 模索하였고 先生님과 直接 談判하여볼 틈도 엿보았으나 좀처럼 시언스러운 말을 들을수가 없었고 도리혀 去去益甚으로 負荷된 責務 地下組織工作에 挺身하라는 指令의 返復뿐이드니 달이 바뀌면서―

는 「八·一五光復節을 前後하여 重大行動指令이 내릴지 모르니 여기에 對備하도록 態勢를 갖추라」느라는 무시무시한 命令까지 받게되었다.

∧八·一五前後?∨∧重大行動?∨ 心臟의 피가 逆流하는것같이 눈이 뒤집혀짐을 禁할수 없다. 언제인가 나의 部隊에 裝備된 大砲의 性能과 門數의 質問을 받은바가 있다. 그것은 또 무엇때문일까.

部隊에 出勤하여도 그렇게 勤勉하든 내손에 도무지 일이 잡히지 않는다. 움직이는것만 같은 大砲의 砲門만이 자꾸만 눈앞에 나타난다. 세상이 세상같지 않다.

이렇듯 激甚한 內心의 苦悶은 어찌 顔色과 擧動에 나타나지 않을것인가. 黨關係者外 만나는것이 무서워지고 先生님을 찾는 발길도 자연히 떠졌다. 先生님도 내 態度를 눈치 채었음인지 나의 質問을 귀찮게 對하며

그대로 吐露하는 것이오니 歪曲된 貼은 將次 地下에서 先生님을 뵈올때 諄諄히 타 일

더 주시옵소서」

다시 한번 八·一五以後 우리 韓國의 政局을 俯瞰할때 △품목 房구석 政治評論客▽를

의 展望 그대로 △共產系列을 除外한 南韓에 놓인 右翼陣營의 大勢는 美洲派(李博士

系)、中國派(臨政系)、國內派(韓民系)의 鼎立이다▽라는 論을 首肯한다면 韓獨黨은 亡命生活

四十星霜 櫛風沐雨의 精神力의 矜持를 敎材 삼아 國內同志를 재빠르게 糾合하면서

△大韓民國臨時政府의 法統▽을 내걸고 어면 形態로던지 金九主席에게 大

權을 掌握시키기 爲하여 美洲派를 事大主義 化身으로 規定 짓고 國內派를

附日殘滓로 몰아세우면서 自派 勢力만의 伸張擴充을 꿈 꾸는것이 아닐까.

그렇다면 巷間의 論定 그대로 宋鎭禹、張德秀 兩氏는 이 國內派 主動勢力 居然作戰에 懺

여기까지에 想到될때 지난번 先生님께서 즉자 두幅을 써 주신 날이 何必 各各 尹奉

性된것이 分明할것이다.

吉義士의 記念日이며 安重根義士의 記念日인가? 異常스럽게 생각지 않을수 없다.

疑心은 疑心을 낳고 憫惘은 憫惘을 더하여 每日밤 푸 두세 時間도 잠을 이루지 못하

疑訝의 對象아님이 없다。

先生님께서 客年 湖南地方 巡廻講演때에 하셨다는 말씀「지금 李博士의 政府는 政府이

기는 하지만」이라는 前提 한마디가 雄辯으로 解明하는 그대로「所謂 以南의 半쪼가리 政

府도 우리 政府일것 없고 以北의 半쪼가리 政府도 우리 政府일것 없다」라고 慨嘆하는

그 大乘的인 心境은 洞察할수있는 面이 있으며 〈上海臨政의 法統〉을 아직 固執하는 그

이로서는 意外의 暴言도 아닐것이나 아직도 先生의 一擧手 一投足이 大衆에게 주는바 影

響이 적은것이 아닐진댄 이 煽動的인 言辭가 그 무엇을 敎唆한 結果가 되지 않았다고

그 누가 斷言할수 있으며 저 麗順反亂事件에 韓獨黨工作員 吳東基가 介在되었다는 說을

어찌 鳥飛梨落格이라 웃어만 버릴수 있을것인가。

姜少領 裵少領이 越北하기 直前까지 이 兩部隊 營門出入을 自宅門 드나들듯 하다가 兩

部隊 越北과 同時에 潛跡하여버린 者가 韓獨黨工作員이며 革新探偵社 社員인 李璜章이라

는 事實을 어찌 直視치 않을수 있으랴。

「先生님! 罪悚합니다 이것이 모두 自我流의 觀察이요 自我流의 解釋이 오나 제

가 그렇게 尊敬하든 先生님에게 弑逆의 銃을 겨누기 까지에 겪은 煩悶相을 假飾없이

모두가 그들이 豪張하는 말 그대로 무시무시한 政治性의 胎盤위에 가라고

있는 名札있는 秘密結社이며 殺氣를 간직한 行動部隊였에 어찌 눌러지 않

을손가 나는 벌서 은근한 脅迫과 威脅을 받았다 ∧魚의 組織指令은 絕對

的인것이며 이 指令에 움직이지 않는 者는 反動이다。脫黨의 自由란 없

다。反動者의 등 뒤에는 오로지 죽음의 制裁만이 따라설 뿐이다∨라는──。

全羅道의 某警備가 暗殺當했고 某部隊의 某將校가 行方不明이 되었고 某官廳의 某人이

고기(魚) 밥이 되었다고 하는等等 戰慄할 史實의 講義를 여러차례 받았다。

換言하자면 나도 이미 脫黨의 自由를 剝奪當한 사람이요 指令의 鐵鎖에

얼키운 囚人아닌 囚人이 되고 만것이다。다시 꽈고들면 可恐! 이 秘密

黨員의 組織網은 日益 蔓延되어 警察陣에도 相當한 勢力으로 侵透되고 있

거니와 特히 共主力은 軍隊다。軍隊中에서도 行政的으로 絕對的인 性能을 領有한

○○礮를 비롯하여 ××隊、××隊。그러면 砲兵系에서는 내가 不知 不識間에 榮譽로운 地

下細胞質의 印綬를 받게된것이 아닌가。

─ 이로써 나는 深度 모를 苦悶의 暗穴로 失足케되었다。千가지 萬가지가

先生님께서는 만나면 만날수록 親密히 對해 주셨다。親筆 족자를 두幅이나 받았다。나

는 大砲彈皮로 만든 花瓶 한雙을 贐物했다。

砲兵隊內에서 有爲한 秘密黨員을 包攝하라는 指令을 받고 그 候補者名單도 作成하여 組

織部에 바쳤고 金學奎로부터 其 運勤費로 몇차례 용돈도 받아 썼다。

이럭저럭 한달 남아 時間이 흐르는 동안에 가까히 接하면 接할수록 그렇게도 信賴하

는 先生님으로 부터 疑訝感을 發見케되어 先生님을 圍繞한 嚴恒變 金學奎等의 動態에 對

하여도 非常한 注意를 가지고 臨하게되었다。

말이 많고 저은데는 上下가 있고 理論이 演繹的이요 歸納的인데는 分別이 있고 망정

窮極의 ∧이데오로기∨나 政策은 先生님이나 周圍人物이나 마찬가지의 思考임에 틀림이 없

는 것 같았다。

아무리 好意로 解釋코저 하였으나 明確한 解答을 얻기커녕 날이 갈수록 迷霧은 질어

가고 도리혀 어마어마한 새 事實만이 發見될 뿐이다。

첫째 建國實踐員養成所는 무엇이며 白凡政治學院은 무엇이며 革新探偵社는

무엇 하는곳인가? 世上은 잘 感知치 못하고 있을것이리랑。이 機關들은

254

「罪務가 매우 고달플테지。 그래 일할때다。熱心히 배우고 닦아라。」

先生님께 對한 나의 紹介는 지금 이자리가 아닌 모양이다。미리부터 事前紹介가 充分

히 있었든것이 틀림이 없음을 直覺하였다。

人事 程度로 對面을 마치고 물러 나왔다。세상을 얻은듯、歡喜의 心情은 무어라 表現

할수 없었다。발이 땅에 닿는둥 마는둥 京橋莊 넘은 앞뜰을 줄다하고 종종걸음으로 大

門을 나섰다。집에 돌아와 先生님과 面會事實을 자랑하며 어린애처럼 말을 보태서 까지

풍을 쳤다。

洪鍾萬은 朝夕으로 만나는 사람이요 洪의 連絡으로 金學奎도 자주 만났다。儆恒變도 알

게되고 鮮于를 비롯하여 京橋莊의 秘書들도 알게되었다。

黨 幹部들의 <크게 期待되는 일꾼>이라는 讚辭도 不愉快한것은 아니지만은 무엇보다

도 내게는 先生님을 만나는 것이 둘도없는 즐거움이다。

京橋莊은 이미 내집같이 無常出入이다。口實이 붙는대로 자주 찾았고、日曜日은 거의 例

外없이 定期的으로 訪問했다。

이리하여 나는 秘密黨員으로서 入黨節次를 밟은것이 지난 三月上旬이었다。

入黨手續이 끝나고 秘密黨員證을 ·몸에 지닌 다음、나의 切切한 念願이든 白凡金九先生

님과 對面의 날은 왔다。

金學奎의 案內로 京橋莊 二層 書齊의 미달이를 조심히 열었다。

韓服차림에 싸인 健壯하신 體軀는 拔山의 壯力을 지닌듯 하고 검붉은 血色과 威嚴있

는 眼光은 一見에 마치 深山의 獅子와도 같이 盖世의 覇氣를 보여주는듯 하다。

先生께서는 기다리셨다는 듯이 내 손을 덥석 잡으시며

「오오 네가 斗煕냐」

半世紀 海外風霜이 아롱 새겨지신 주름진 老顔에 滿面의 微笑를 띄신다。

「先生님ㅣ 光榮이 올시다。변변치 못하오나 이나라의 忠誠된 아들의 하나이 오니 殷히

키워주시기 바랍니다。

무엇인지 나도 모르게 얼굴이 화끈하여지며 눈씨울이 뜨거워짐을 깨달았다。갑자기 할

말도 없다。

「故鄕이 以北이라지。」

일찌기〈神〉과도 같이 仰慕해온 世紀의 巨星、歷史的인 偉人 白凡先生님을 只尺之間에

對面하옵고 單한마디 談話라도 交換해 보았으면 하는것이 은근한 나의 念願이었거늘 인

제 隨時로 仰座할 有機的인 緣故가 맺어지고 그 膝下에서 薰陶받을 機會를 얻게된다면

얼마나 좋을가、생각만 하여도 마음의、雀躍을 禁하기 어려울 지경이다。만나서 訓謦를 仰

聽하오면 알게될것이다。지금 先生任께 對한 巷間의 喧傳은 모두 浪說이요 부질없는 杞

憂에 不過할것이다。

設使 奸臣輩들의 俠雜때문에 間或 歪曲된 判斷을 내리시는 ·일이 계실지라도 비록 門

外漢이요 蒙寵의 말일망정 率直大膽하게 奏上하면 못 알아들으실 理 없으실것이다。

韓獨黨만 하더래도 그 自體가 先生님의 直接的인 領導下에 있으니、그 〈이데아〉에 무

슨 不純함이 있으랴。우리들의 淺薄한 常識을 가지고 輕率히 皮相的인 結論를 내리고 말

바는 못될것이다。

暗黑 半世紀、倭政의 桎梏속에서 자란 우리들이 아직도 昏迷의 餘毒이 채 가시지 않

은 지금、어찌 不遇한 몸으로써 世界政局에 헤염처 온 그 洗練된 經綸을 一擧에 批判

할수 있으랴。과고、들어가보자 그러면 모름지기 未知의 經國大道가 있을것이다。

— 30 —

지난 正月 韓國獨立黨 組織工作員 洪鍾萬의 紹介로 同中央黨組織部長 金學

奎와 知面케된것이 近因의 濫觴일것이다。

洪鍾萬은 太平路집 (越南同胞 二十餘世帶가 同居하는 敵産집 避難民아파ー트)에 같이 사는

靑年으로서 아침 저녁 機會있는대로 韓獨黨을 宣傳하여 오다가 正月下旬 金學奎와의 人

事紹介까지 하고나서 부터는 熱心히 入黨工作을 展開하여왔다。

아닌게아니라 白凡先生에 對한 欽慕와 韓獨黨에 對한 關心은 어제 오늘의 일이 아니다。

美蘇兩雄의 角逐에 끼인 우리로서 主權統一運動의 政略的인 名分을 세우기 爲하여 서라

도 協商에 應하는 襟度를 보여주는 것까지는 이미 나 自身으로서도 贊成한것이지만 世界

의 耳目을 一身에 지니고 나섰든 白凡先生은 어찌되었든가、事前에 盟誓하신바 그대로 三八

線上의 鐵路는 베고 눕지는 못하실망정 歸京하신後 겨래 앞에 一場의 釋明이라도 게섰

어야 한것이 아닌가。그런비 協商에서 돌아오신 先生님은 도리혀 몽매한… 저희들은 하여

금 懷疑의 深淵속으로 잠기게 하고 게시는 것이 아닌가。

여기에 지금 第一黨으로 自處하는 韓獨黨、膨脹一路에 있는 그 黨勢에는 어떤 暗流가

있는지 五・十選擧 <보이콜> 說은 어떤 黨略에서 나온것인지…… 。

정녕 그렇다면 이 日記도 곧 中斷되지 않으리라고 누가 斷言하랴.

어제 新聞을 빼앗은 뜻도 이제서야 알 것 같고 取調官의 態度 變化도 이제서야 짐작

된당.

時刻을 豫測할수 없는 이 餘命이 쓰다가 中斷될망정 金學奎를 알게된 始初부터 先生

님을 殺害할때 까지의 經緯를 大略이나마 적어 보기로 하자. 設令 다 섰다해도 내가 죽

은 뒤에 이 종이 마저 성냥불의 洗禮를 받게될런지 그 또한 누가 알랴. 그러나 이것도

運命으로 치고 하여간 쓰기로하자.

×

×

×

이 事件의 全貌을 廣範圍하게 解剖한다면 昨年 南北協商問題에서부터 論

議하게될뿐만 아니라 다시 나아가서는 멀리 八·一五解放되든해 섯달 反託

運動烽火의 渦中에서 被殺된 宋鎭宇氏 事件에까지 遡及될수 있을것이며 白

凡先生과 나와의 心的 緣故를 더듬는다면 더 한 발자욱 멀리 八·一五解

放前 先生님의 尊名을 알게된 아버지의 귓속 말씀에 까지 미치게 될것이

나 이것들은 모두 副次的인 이야기 일것이니 事件의 核心을 파고 든다면

— 38 —

場의 모양이며 지금 나의 心境까지 남김 없이 說破하였으니 더 물어볼 말도 없을것이다.

그러면 이제는 그것으로서 곧 法의 裁斷이 나릴것이요 뒤이어 刑이 執行 될것이다.에

로부터 죽일 사람은 잘 먹이고 厚待한다더니 아마 오늘 저녁이라도 死刑執行을 하려는

가?。

金學奎一黨까지 잡혔다니 나의 任務는 完了되고 남은 恨도 풀릴듯 하지만 내가 일찍

各部門의 搜查機關 當路者로부터 數次에 걸쳐 들은바 「이것은 重大事件이라고 캐취하여

가지고 과고 들어가면 乃終에는 擧皆가 京橋莊으로 꼬리를 감추어 버리곤하는데는 질

색이다느라는 이야기를 回想컨댄 白凡의 逝去로써 그 伏魔殿도 무너졌으니 굳이 往事에 屬

한 事件을 世論앞에 擴大시킬것이 없으며, 故人의 威信이나 體面을 爲하여 내게 對한것

도 이 以上 追窮할것없다하여 犯人을 처치하여버리고 이 眞相은 適當한 發表로써 糊塗

하려는 것이나 아닌가.

그렇다면 〃이내. 모습〃과 犯行의 참된 뜻을 넓리 世上에 알리긴커녕 信賴하는 벗들

과 先輩는 勿論 불상한 家族에게 까지도 말을 남기지 못하고 逆賊의 烙印만을 찍힌채

그대로 사라지게 될것이 아닌가——。

茫然히 면 하늘을 바라다보며 담배 두대를 연달아 피웠으나 靜思의 時間은 그리 길

지 못했다。게 時間에 제 履音은 다시금 始作됐다。奔走하게 걷는 구두소리 水道소리 문

여닫는 소리……。

監視兵이 手巾까지 담가 가지고 洗手물을 떠왔다。나는 勇氣를 내여 팔굽은 짚어가면

서 혼자서 上半身을 일으켰다。머리 傷處에 오는 微動이 그리 가벼운것은 아니나 처

음으로 부축없이 이러나 앉으니 氣分도 爽快하다。監視兵을 쳐다보며 나도 모르게 빙그

레 웃었다。監視兵도 마주 웃는다。아마 氣力이 많이 回復되었구나 하는 듯한 웃음같다。

수건을 적셔서 繃帶가로 얼굴을 타고 비누를 빌어서 손도 씻었다。

監視兵들도 며칠동안에 낯이 익었음인지 化石같은 表情이 풀텼다。

아침 食事가 끝난지 얼마 안되어 말숙하고 端正한 옷차림으로 R中尉와 R少尉가 찾

아와서 「편히 잤소」하고 人事뒤에 忽忽한 態度로「오늘은 取調가 없을것 같으니 마음 놓

고 悠長한 氣分으로 靜養하시지」하고 나가 버렸다。

—— 오늘은 取調가 없다。異常하다 어제 그렇게도 強要하든 訊問應答을 갑작이 中止

시킨단 말인가? 그러면 왜 中止할가? 하기야 내 犯行의 遠因이며 直接的인 動機며 環

—26—

단 며칠 동안에 體重이 늘었을것만 같다.

六月 三十日 (木曜日) 晴天

일찍 잠이 깼다. 房구석에는 아직 어두움이 물러가지 않았다.

그렇게도 숨 막힐듯이 무덥든 空氣가 가물의 前兆인지 무척히도 가벼워졌다. 누은 채 머리맡을 더듬어서 담배를 빼 물었다.

曙光을 먹음은 연푸른 하늘은 구름 한점 없이 유난히도 깨맑다.

슬픔에 잠긴 京橋莊의 넓다란 境內에도 밤이 밝았겠지.

先生이 幽明을 달리하신지도 벌서 五日째——. 屍身은 어느 房에 모셨는지? 殯室의 燭臺에는 落淚에 지친 白燭이 數十가락 갈렸으리.

나는 將次 一坪方米도 못되는 저 思幅의 하늘가에 몇 아침 몇 저녁이나 더 보내고

또 맞을수 있으련가? 어제 얻은 洋담배 온 한匣이 하루도 지나기 前에 반남아 다 탔구나.

安斗熙 手記

弑逆의 苦憫

安斗熙 手記

栽逝의 若惱